小学館文庫

伝わるちから

松浦弥太郎

小学館

カバーデザイン／鈴木成一デザイン室
カバーイラスト／林 青那

伝わるちから

松浦弥太郎

はじめに

大切な人を思い浮かべて手紙を書くように。

大好きな人にラブレターを書くように。

文章を書く際、心がけていることは何かと聞かれた時、僕はいつもこう答えている。

僕は自分が書くもののほとんどを手紙としている。それも誰か一人のために書くものとして。

そして、ペンを持って、もしくは、キーボードに指を置いて、最初の言葉を書く時、こんなことを思っている。

手紙の目的とは、相手に喜んでもらうこと。嬉《うれ》しくなってもらうこと。返事を書きやすいように。正直に、親切に。そして最後に、あたまをできるだけ働かせず、こころをたっぷりと働かせること。

手紙とは、あたまではなく、こころを働かせて書くもの。そう、技術でもなく、形式でもなく、単に経験を生かしたものでもなく、考えることでもなく、ただただ、人に向き合い、人を思いやり、人のために、こころを傾けること。その人のこころに寄り添うこと。

自分の気持ちを、そんなふうにしっかり整えてから、誰か一人、それはその時によって変わるけれど、母だったり、家族の誰かだったり、友人や知人だったり、今日すれ違った名も知らぬ人だったりするけれど、その人の顔をはっきりと思い浮かべて、一篇《いっぺん》の文章を書いているその時間は、その人のことだけをずっと思い続ける。

誰か一人のためにしか文章が書けない僕は、物書きとして相応《ふさわ》しいのかどうかわからないが、今日も僕は手紙を書いている。ひとつかふたつでも、僕自身で確かめた、あの日あの時、心が揺れたまばゆい瞬間が、どうかあなたに伝わりますように。

分かち合いたい、とてもいいことを。

あなたのために。

松浦弥太郎

4　はじめに

Chapter 1

お礼上手になる

14　お客さんから友だちへ
16　人の「気」を見る
19　手を使う
21　お弁当作り
23　「見つける」こと
26　自分のベストテン
29　宝ものを分かち合う
31　大切なのは体験と記憶
34　深く考える
36　「ありがとう」のその先
38　情熱を思い出す

Chapter 2

旅で自分を見つける

42 弱った自分を逃がす
44 予定を決めない
46 行きつけを作る
49 ここに来れば大丈夫
54 美しいもの
56 目線を離してみる
59 背筋を伸ばす
62 忘れなくていい
65 秘密の場所

Chapter 3

誰かのためにする

70 三十通のお守り
72 聞き上手になる
75 必要なのは楽しさ
77 その人を思うこと
79 どうやって選ぶのか
82 おもしろい人に学ぶ
84 対話のポイント
86 会えたら会いたい
88 何度も何度も読む
90 プレゼント仮説
92 寄り添うということ

Chapter 4

お辞儀の仕方を身につける

96 日曜日の習慣
98 老舗バー店主の教え
101 自分らしさの定番
104 長過ぎず短過ぎず
106 まず自分を変えること
108 部屋をリフレッシュ
110 見えないところの身だしなみ
113 勝負からだを持つ
115 無駄使いという貯金
117 しあわせのおすそわけ
119 見ることは気づくこと
122 素敵なお返し
124 幸運を分かち合う
126 食べる人のことを思う
129 「心入れ」をひとさじ

Chapter 5

心を整理整頓する

132 ただ、ひとことで
134 成長の法則
136 やめずに休憩を
139 真似るは学ぶこと
141 先生を見つける
144 余白を作る
146 ちょうどいい時間
148 離れる勇気
150 12の質問
152 僕の「いいね」
154 無から有を生み出す

Chapter 6

「らしくない」にチャレンジする

158 魔法の使い道
161 失敗を恐れない
163 自分が敵、の視点
165 やさしい顔のひと
167 とことん落ち込んでみる
169 来年の自分へ
172 好き嫌いをなくす
174 流れる水になる
176 安全圏から飛び出す
178 おだてに乗ってみる
180 大変、のバランス
183 自信の作り方
186 ゼロ点からのスタート

189 おわりに
192 解説／はあちゅう

Chapter 1

お礼上手になる

お客さんから友だちへ

八十六歳の友だちがいる。サンフランシスコにいるマリーさんだ。

マリーさんは伝統的な手法で歩きやすい靴を作っていて、雲の上を歩いているような靴として世界中で知られている。

初めて靴を作ってもらった時、マリーさんは僕の手を握りながら言った。

「わたしとあなたの関係はこれからはじまるのよ。わたしの靴がこれからのあなたの健康に役立ってもらいたい。だから、わたしはあなたと友だちになりたいの。あなたのことを知りたいからよ。友だちなら気軽になんでも話し合えるし喧嘩《けんか》もできる。靴が出来上がるまではお客で、靴を渡してからは、あなたとわたしは友だちよ」

その時のぴかぴかした笑顔が忘れられない。

一ヵ月に一度、マリーさんから手紙が届くようになって十年が経《た》つ。手紙ではいつも自家菜園の様子や、育てているバラのこと、にわとりが生んだ卵の数などを知らせてくれて、あなたの靴の具合はどうかと聞いてくれる。そして最後には必ずまた会いたい、と書いてある。

秋のはじめに、マリーさんから手紙と一緒に小包が届いた。小包を開けると、注文していない新しい靴が入っていた。

「わたしは歳《とし》のせいであなたのことを忘れてしまいそうになりました。この夏、わたしはあなたのために靴を作りました。靴を作っていたら、あなたのことを思い出せました。わたしは歳だから、靴を作るのはこれが最後です。プレゼントよ」

手紙にはそう書いてあった。

僕はその新しい靴を履いて、すぐにサンフランシスコに旅立った。

大切な友だちに会うために。

16 人の「気」を見る

よく行くカフェのコーヒーがとてもおいしい。

いつも同じ女性が、一杯一杯ていねいに、ネルドリップで淹《い》れてくれる。これ見よがしに技を披露するわけでもなく、使っているコーヒー豆が特別でもない。けれども、とびきりおいしい。

そのおいしさが単に味だけではないと気がついたのは、彼女が淹れてくれるコーヒーの一番おいしい瞬間が、最後の一口だと感じたからだ。しかも、口がおいしいのではなく、心がおいしいと喜ぶ、充足感がいつまでも深く心に残る。

料理にしても、飲み物にしても、一口目のおいしさにこだわる傾向が、今、作る側にも、食べる側にもあるかもしれない。僕らは、最初の一口で、味がはっきりわからないと、満足できない味覚になってしまっている。一口目のおいしさとは、単に味が濃いだけなのだろうに。

日本料理のお吸い物は、最後の一口で、そのおいしさが伝わるように作る。最初の一口目は、味が薄く感じるが、二口、三口と、少しずつ一番おいしい味に近づいていくように料理をする。

「コーヒーをおいしく淹れるコツはあるんですか？」と、ある日、僕はカフェの女性に聞いてみた。すると彼女は、しばらく黙って考えた末に「いつも大切にしているのは、お客さんの『気』を見て、今日はどんな味を求めているのかを、自分なりに見極めることです」と答えた。

びっくりした。「気」を見るというと、少し怪しげな感覚であるけれど、今日は元気なのか、疲れているのか、今どんな気持ちなのかと、それこそ、その人の「気」をさりげなく感じ取って、それに合わせた微妙な味の調整をし、愛情込めてコーヒーを淹れているという。

「料理で覚えるべきことは、技や知識ではなく、愛情の表現です」と教えてくれたのは、料理家のウー・ウェンさんだ。カフェの彼女の話を聞いて、まさにその通りだと思った。おいしさとは、やっぱり口だけで感じるものではなく、その時その時の状態による、「気」という心で感じるものが大きいのだろう。

「料理の目的は、単に食べる人のお腹《なか》をいっぱいにすることではないんです。一日の疲れを癒やして、明日の健康を助けることです」とも、ウー・ウェンさんは言った。

きっとそれと同じ気持ちで、彼女は毎日コーヒーを淹れているのだ。「気」を見るという心持ちは、決して怪しいことではなく、料理の他、仕事にも暮らしにも生かせる、とても大切な姿勢だ。接する相手の「気」を、常に観察し、今、何をどんなふうに求めているのだろうか、どうしてあげたら心がしあわせに満たされるのだろうか、と自分なりに見極め、自分のできることで尽くす。

相手の心に自分の心を向けること。そこに生まれる愛情が、あらゆる行為に魔法となって作用するのだ。

もちろん、自分の「気」にも、日々、目を向けること。そして、何事もていねいに。

そう、心を込める。

手を使う

よく晴れた休日。

僕は今、ベランダに置いた椅子に座って、ぼんやりと考えている。生まれて初めて、自分の手を使って、作ったものはなんだったのかと。

それは保育園での思い出だ。保育園には三歳から通ったので、おそらくその頃のことだろう。

僕の目の前には、青や赤、黄色や緑の色紙が何枚も広げて置かれていた。それを短冊状にハサミで切っていく。ハサミを使ったのも、この時が最初だったのかもしれない。紙を切る時のシュッという、気持ち良い感触をよく覚えている。

短冊の山が出来上がると、先生は糊《のり》を使い、それを輪にすることを教えてくれた。輪がひとつ出来ると、もう一枚の短冊を輪にしてそれにつなげ、またもう一枚の短冊をつなげていく、あれはなんて言ったのだろうか、色紙の短冊を輪にして作る、紙の鎖《くさり》である。

一枚の短冊で作った輪をつなげていくことで、延々と長く鎖が出来上がっていくことに、幼い僕は興奮した。しかも、色を選んで、自分の好きなように鎖が出来るというのも、楽しくて仕方がなかった。その日は手を休めることなく、僕は材料がなくなるまで、紙の鎖をずっと作り続けた。

紙の鎖は、園児の誕生日会の飾りに使うものだった。人に喜んでもらうために、一所懸命に手を使って、何かを作ることがとてもしあわせな気分だった。

久しぶりに紙の鎖を作ろうと思った。自分が生まれて初めて手作りした、あの紙の鎖のすてきさを、忘れかけていたからだ。そこに僕の初心が在るからだ。

お弁当作り

　年老いた父親に誕生日のプレゼントをあげたいけれど、何をあげたらよいだろうかと友人から相談を受けた。

　大好きなお弁当を作ってあげたらどうかと答えた。高齢になると身の回りで必要なものは少なく、一番喜ばれるのはまごころを込めた手作りのごはんだろうと思った。お父さんにどんなお弁当が食べたいか聞いて、それをみんなで一緒に食べるともっと喜ばれるのではないかと言った。


　学生だった頃の話だ。共働きだったわが家において、母が作ってくれるお弁当は毎日のり弁当で、おかずはいつも前の晩の残りものだった。毎回のり弁なので、ある日、僕は母にこう言った。

「いつものり弁。今日ものり弁。明日ものり弁」と。

　次の日、お弁当箱を開けると、そぼろ弁だった。その時、僕は母を傷つけてしまったような気持ちになって、そぼろ弁をじっと見つめたまま、なかなか箸をつけることができなかった。そぼろ弁はとてもおいしかった。しかし、反抗期だったせいもあり、母に向かって「おいしかったよ。ありがとう」と素直に言えなかった。

思い返すと、あの時のそぼろ弁くらいおいしい弁当はなかった。今でもはっきりと思い出せる忘れられない味だ。

友人の父親は、梅干しとご飯だけの日の丸弁当が食べたいと言ったらしい。誕生日会に、みんなで楽しく日の丸弁当を食べたという。父親は泣いて喜んだという。どんな味の記憶があったのだろう。

あなたはどんな味の記憶がありますか。

「見つける」こと

あこがれの人はいますか？　この人みたいになりたい、この人からたくさん学びたい、この人と仲良くなりたい、というように、心から尊敬する大好きな人のこと。そんな人のことを覚えていますか？

僕にとっての、最初のあこがれの人は、十代の終わりにサンフランシスコで出会ったヘンリーだ。僕よりも八歳年上だった。

アメリカのアンティークが好きな僕は、週末になると方々のフリーマーケットに行くのが楽しみだった。次第に自分好みの品を並べている出店者と顔見知りになった。その一人がヘンリーだった。

僕は、ヘンリーの店に並べられたアンティークとは呼べない、錆《さ》びたおもちゃの車や、動かない目覚まし時計、どこかのホテルの鍵の束や、今はもうないレストランのメニューといったガラクタが大好きだった。たどたどしい英語しか話せない僕に、ヘンリーはとても親切にしてくれた。彼の奥さんが日本人なのも親しくなった理由だった。

ヘンリーは、誰も見向きもしないようなガラクタに、新しい価値を見出《みいだ》す才能に長《た》けていた。ゴミにしか見えない古ぼけたお菓子の缶も、ヘンリーが手に持つと、あたかも高尚なアートのように見えた。まるで魔法使いのように思えた。

ある日、彼の手伝いでサンフランシスコから車で三時間走った田舎のフリーマーケットに行った時のことだ。彼はその道中で古い農家があると、必ず立ち寄り、「古くなって捨てるような洗濯バサミがあれば、これと交換してくれないか」と、新品の洗濯バサミの束を家の人に見せた。どの農家にも、そういう古い洗濯バサミはいくらでもあり、みんな喜んで交換してくれた。そんなふうにして、昔ながらの木を削っただけの洗濯バサミがたくさん集まった。

「これはカタチがいいなあ」とか、「これは五十年前のものだなあ」とか、彼は目を輝かせて、僕に一つひとつを説明してくれた。

今でこそそれらはファウンド・オブジェと呼ばれたりして高価なアンティークになっているが、当時は古い洗濯バサミを集めて売ろうとしている人なんて一人もいなかった。

ヘンリーは言った。「僕の仕事は、自分の目と感覚だけを信じ、誰とも競うことのない宝探しをすること」

なんてすてきなんだろうと僕は思った。僕はヘンリーと一緒にいることで、「見つける」ことの楽しさを学んだ。

まだ誰も気づいていない、美しさや魅力を見つけること。みんなが見ていないところから、すてきなものを見つけること。これから先、みんなが必要とするだろうセンスを見つけること。

「見つける」ということは、感動するということだ。今日一日、感動が多ければ多いほど、それだけ「見つける」ことができたということだ。

憧れの人から受けた影響は、今でも僕の仕事を助けてくれている。大切なのは、誰よりも早く、誰よりもたくさん「見つける」ことだ。

自分のベストテン

　三十代の頃、何をしていたかと思うと、毎日が試合のようだった。といっても、勝ち負けをはっきりさせる試合ではなく、仕事や趣味、恋愛、友だちづき合いなどで、そんな日々の行動に対して、試合に挑むような緊張感と、わくわく感で胸が一杯で仕方がなかった。

　大試合だったり小さな試合だったり、日によって様々だったけれど、ダメでもともと、当たって砕《くだ》けろ、という気持ちで、まわりから何を言われようと、その時、思いついたことはすべてやってみるという、あんなことこんなことのチャレンジとアイデアのしらみつぶしな毎日だった。


　一番おもしろくて夢中になったのは、知らない場所に行ってみることだった。昔ながらの商店街が好きなので、東京の主だった商店街をすべて歩いてみることをコツコツと行っていた。

　ブログやツイッターはない時代だったから、見たもの聞いたもの、買ったもの食べたものなどは、自分だけの記憶に留《とど》めるだけで、毎回「おもしろかった」というひとことで完結する心地よさがあった。

話の流れで告白するが、子どもの頃からの習慣というか遊びのひとつに、なんでもかんでもベストテンの順位を考えるという、これもまた自分だけの取り組みがあった。

だから「東京の商店街ベストテン」も考えた。ちなみに一位は、月並みだけど「江東区の砂町商店街」。ついでに言うと、「渋谷から原宿までの道順ベストテン」とか「デパ地下ベストテン」とか「近所の家の表札ベストテン」とか「友だちからもらった年賀状ベストテン」とか、こんなふうに、なんでもかんでもベストテンを考えるのは今でも楽しい。

そう思うと、常にベストテンを頭の隅っこに置きながら、好奇心の向くまま、あれこれ観察したり、思いついたことをすべてやってみるということが、今の自分を作ってきたといってもいいかもしれない。まあ、よく見る、よく聞く、よく考えるということを、どうおもしろがるかというのは、仕事や暮らしにおける、ひとつのコツであろうと思っている。

余談だが、ある日、特技は何かと聞かれて、上手《うま》く答えられないことがあった。普段、自由気ままにベストテンを楽しんでいたのに、自分のことは棚に上げていたのである。そこで「自分の特技ベストテン」を考えてみた。うむむ。三位から発表してみよう。

三位「鼻がよくきく」。とにかく匂いに敏感。それは時に役に立つ。

二位「耳がよく聞こえる」。遠くで話している小さな声もよく聞こえるのが子ども

の頃からの特技。

一位は「目がいいこと」。神経質と言ってしまえばその通りだけど、単なる視力で

はなく、人が気づかないものを見つける目のよさは人一倍。間違い探しなんてお手の

もの。今も昔も、見るという行為が一番好きである。

ベストワンを考えるのは簡単だけど、ベストテンの順位作りはむつかしい。なかな

かの頭の体操になる。お試しあれ。

宝ものを分かち合う

僕の大好きな言葉に「スコアボードではなく、グラウンドで行われている試合をしっかり見る」というのがある。結果やデータを知るのに一所懸命になるのではなく、実際にそこで変化していること、そこで動いていること、そこで起きていることを、よく観察するという意味だ。なんでも簡単に知ることができる時代だからこそ、とても大事なことだと思う。

永六輔さんが以前こんなエッセイを書いていらした。

幼い永さんが通信簿をお母さんに見せたら「これは学校の先生がお前をどう見ているかであって、私には関係ない」と言って、一切見なかったと。通信簿に表れない自分の息子の良さがあると思うお母さんの気持ち。ちょっと極端だけど、なんともいい話だと思う。

常々思うのは、どんなことでも、よく見るということ。よく見るということは、見つめるということ。見つめるということは、隠れているいいところを見つけるということ。

人でもモノでも、目に見えていることがすべてではない。自分のことを贔屓目《ひいきめ》に考えてみると、目に見えないすてきなところや、自信のあるところ、いろいろな秘密があるはずだ。そういうものは、ぱっと見では見えない。

隠れたいいところを見つけられたら、それは自分が第一発見者であり、自分だけの「好き」になる。そういう「好き」は、一生の宝ものだ。たとえば、人を好きになる、モノを好きになるってことも、見つけた宝ものがあってのこと。宝ものは、自信を持って大好きになればいい。

暮らしや仕事においては、宝ものを見つけ、分かち合うことが大事なんだろうな。宝もの探しって楽しい。

大切なのは体験と記憶

ロンドンでウェブデザイナーとして働いている友人と会った。

帰国するたびに連絡を取り合うけれど、互いに忙しくてなかなか会うことができず、三年ぶりの再会になった。

まずは近況報告を交わし、すぐに仕事の話になった。ロンドンという刺激的な環境は、自分の仕事にどんな影響を与えてくれるのか、そんなことを彼に聞いた。

「ロンドンならではの、様々な文化を持つ外国人とのふれあいは自分の視野を広げてくれる。けれど、視野が広がるということは、同時に自分という個を深く見つめる意識も生まれる。いや、見つめざるを得ない。自分が何者であるか、何者として、人々や社会、文化に接し、仕事や暮らしの発想をしていくのか。それはいわば、その環境に混ざるというよりも、共存していくためというか、個として受け入れられるためのスキルを問われ続けているように思う」

彼はそう言った。

「なんだか大変そうだね」と言うと、「いや、それは決して大変とか、居心地が悪いということではないんだ」と笑った。ロンドンにいるのと、日本にいるのでは発想やアイデアは変わるのかと聞くと、何ひとつ変わらないとも。

彼の話を聞いていたら、「発想やアイデアは、自分の記憶の引き出しの中から取り出すもの」という僕の考えと一致した。

ロンドンにいれば素晴らしいアイデアが生まれるとか、ニューヨークにいれば斬新なアイデアが生まれるとか、それは迷信のようなことで、どこで何をしていようとも、アイデアとは、過去の記憶から発掘するようなもの。生まれてから今日までの、感動、喜び、驚き、悲しみや苦しみといった、あらゆる実体験と経験の記憶こそがアイデアの原点である。

あれが良かった、あの時嬉しかった、ここがきれいだった、気持ちが良かった、という記憶の賜物《たまもの》、すなわち、アイデアとは思い出すものである。となると、人生において、どれだけ多くの実体験と経験を記憶しているのかが大切と言えよう。

「考えるというのも、思い出すに似ているね。これはどの国で仕事をしようと一緒だと思う。仕事のできる人は皆、記憶力が抜群に優れてる。幼い頃から今に至るまでなんでも憶えているんだ。そんな人は日々どんなに小さなことでも感動することを探しているし、そのための経験に積極的なんだ」

彼はそんな話もしてくれた。

「そうすると、思い出とか記憶は宝ものだね」と僕が言うと、英語まみれのロンドンで、アイデアに行き詰まると、いつも日本での幼い頃の自分の記憶にすがると言って、彼は笑った。

僕が暮しの手帖社にいた頃、創立者の大橋鎭子《しずこ》さんに編集者の採用条件を聞いたことがある。すると「とにかくいろんなことを経験している人がいいわね」と教えてくれたことを思い出した。

これまでの記憶、そしてこれからの経験くらい尊いものはないと強く思った。

深く考える

二年間ローマで暮らした知人の女性が帰国し、ローマの魅力を伝える本が、日本にはあまりに少ないから、自分で書いたと言って、その原稿を持ってきた。できれば本にしたいと言う。物書きにもなりたいらしい。

僕は聞いた。あなたは自分の本を作りたいのか。それとも、世の中の人にとって役に立つ本を作りたいのかと。知人は両方だと答えた。

彼女はとても聡明で、明るく、魅力的な女性である。やさしさに満ちていて、おしゃべりをしていると、とても楽しい人だ。

原稿の内容は、彼女の経験した、すてきなローマの暮らしと街案内であるけれど、彼女のパーソナリティがひとつも感じられない。一人よがりで、堅苦しく、すべてを読むのがとてもつらかった。彼女の話を聞くと、あんなに楽しいのに、文章にするとどうしてこんなに退屈なのかと不思議に思った。

痛感したのは、彼女がどうこうではなく、文章を書くというのは、ほんとうにむつかしくて、つらいということだ。

偉そうに聞こえるかもしれないが、文章を書くというのは、自分がまだ語っていないことが何かを深く考えることである。

僕は彼女にこう言った。二年間も暮らしていれば、あなたしか知らない真実や物語が、きっとたくさんあるはず。なぜそれを書かないのかと。一線を越えて、あなたが心を開かない限り、何を書いても僕は信用できないとも。

そう、文章を書くという行為はつらいこと。つらいけれど、書きたいことがあるというのが物書きなのだ。

「ありがとう」のその先

日々の暮らしや仕事の中で、誰かに何かをしてもらうことは多いだろう。

近所の人にいただきものをしたり、会社の先輩に仕事について話をしてもらったり、食事をごちそうになったりと。それらをあたかも普通のことのように、ひとことの「ありがとうございます」で済ませてしまうのは残念なことだ。

もちろんその時はそれでよいだろう。大切なのは、次の日のお礼である。改めて「昨日はありがとうございました」と伝え、してもらったこと、いただいたものの感想を具体的に伝えるように心がけたい。

人は皆、自分がしてあげたことに対して、それが相手にとってどうだったのか。果たして喜んでくれたことだったのか。どう受け取ってくれたのかを知りたいものである。ひとことの「ありがとうございます」だけでは、それは伝わらない。

たとえば、出かけた先でおいしいお菓子を見つけ、みんなに差し入れしようと会社に買って帰る。それを食べた人には、当然お礼を言われるだろう。そして、ある一人から、そのお菓子がどんな味で、どんなにおいしかったかと、次の日に、改めてお礼と一緒に、具体的な感想を伝えられたら嬉しくなるだろう。

そんなことを期待して人に何かをしてあげるわけではないが、上手にお礼をされると、もっとその人に何かをしてあげたくなるのが、人の心というものである。

暮らしにおいても仕事においても、豊かな人脈は必要である。人脈のある人はとにかくお礼上手である。

お礼上手な人は必ず大事にされる。

情熱を思い出す

人を好きになることくらい素晴らしいことはない。

誰かを好きで好きで仕方がない気持ちは、普段働かない不思議な感情を生み出してくれる。

つらい時、さみしい時、悲しい時、心の中にいるその人を思うと、その存在だけで励ましになり、よし、がんばろうと思える。会えなくても、言葉を交わせなくても、弱った自分を癒してくれる。


若い頃、仕事において、何をしても、ことごとく上手くいかないことが続き、僕は自信を失い、落ち込んでいた。その時、友人がこんなことを話してくれた。「今まで恋愛をしたことがあるか？　人を好きになったことはあるか？　一度でもそんな経験があるなら、ひとつも心配することはないよ」と。

「恋愛をした時のこと、人を好きになった時のことを思い出してみればいい。その時、お前はどうしてた？　なんとか自分を好きになってもらうために、いろいろなことを考えたり、行動をしたり、わからないことや、役に立ちそうなことを学んだりしただろう。自分を知ってもらうための努力をしただろう。他人から見たら、ちょっとおかしいくらいに夢中になっただろう。その時の情熱を思い出せばいい。その情熱を、今度は仕事に向けてみればいいだけのことさ。恋愛よりも仕事のほうがずっと簡単なのさ」と友人は言った。

僕は今でも、自信を失った時、恋愛をした時のこと、夢中で人を好きになった時のことを思い出す。

もちろん、今好きな人のことも。

Chapter 2

旅で自分を見つける

弱った自分を逃がす

強い人なんていないんだ。

強く見えたって、人間は誰もが弱い生き物なんだ。

なぜそう言えるかって？　僕らには心がある。

その心の中から、不安と寂しさが消えることはないんだ。

だったら、そんな不安と寂しさを愛してみてはどうかな。

そういう生き方はとてもすてきだと思う。

そう、自分の弱さを決して嫌いになってはいけないんだ……。


いつか僕は、こんな言葉をノートに記していた。

と言っても、疲れてしまったり、小さなことで傷ついたり、心が折れてしまったりして、自分ではどうしようもなくなることもある。

そんな時、僕は自分が自分らしくなれる場所に行くことにしている。自分をリセットできる場所。弱ってしまった自分を、ちょっとの間、逃がしてあげるような場所。

僕にとってその場所は、カリフォルニアのバークレーにあるカフェだったり、ニューヨークの公園のベンチだったり、ハワイ島のヒロだったりする。生まれ育った故郷もそのひとつかもしれない。

たった数日であっても、自分らしい呼吸を取り戻し、自分らしい笑顔に立ち返るために、エイっと出かける。もちろん一人で。目的のない旅とでもいうのかな。

あなたには、そういう場所がありますか？　実際はそんなに頻繁《ひんぱん》には行けないけれど、自分にとってのそういう避難場所がいくつかあるだけでも、心が安心するのです。

その場所に思いをめぐらせるだけでも気持ちが楽になる。

一人きりの旅には、出会いというご褒美もあるのです。

予定を決めない

僕はいつも一人で旅をしてきたし、これからもきっとそうだろう。

なぜ一人なのかというと、理由はたくさんある。

まずは、行ったことがない土地を旅したいからだ。行ったことがない土地は、必ず迷うし、毎日何かひとつはトラブルが起きる。そんな旅に誰かと一緒というわけにはいかない。

旅に出たら、予定を決めずに気の向くままに歩いて、気に入った街に宿泊し、自分好みの食堂やカフェに通いつめて、そこで出会う現地の人とふれあうことにしあわせを感じる。

朝早く起きて、朝食のおいしい店へ行く。そこで今日はどうしようかなあ、なんてぼんやり考えながら、顔見知りになったウエイトレスと他愛ないおしゃべりをして、朝食を食べながらコーヒーをお代わりして時間を過ごす。居心地が良ければいくらでも腰を上げない。たいていの人は、そんな相手と一緒の旅はごめんだと思うだろう。

で、宿に帰って、友だちに葉書を書いたり、現地のラジオを聞いたり、本を読んだりしているとすぐに午後になってしまう。ちょっとぶらっと街を歩きに行って、公園のベンチに座ったりして、目が合った人とおしゃべりをする。

夕方になれば、通いつめた食堂に入って、早めの夕食をとる。そしてまた、朝食を食べたカフェに行って、コーヒーでも飲んでぼんやりする。

あっという間に一日が終わってしまう。夜は早めにベッドに入って寝てしまう。旅をしているのに、一人きりの時間をいつもと同じように過ごしているだけ。こういう旅が僕は好き。

旅をしていると、日常の忙しさで失った自分らしさを取り戻すことができる。

旅は僕を生き返らせてくれる。

行きつけを作る

旅先で迎える一日目の朝が大好きだ。

持参したランニングシューズを履いて、大きく伸びをして深呼吸。よし、スタートだ。一時間くらいかけて気の向くままにゆっくりとランニングをする。

会社に通勤する人たち、大きなバッグを持った学生たち、開店準備をするスーパーマーケット、にぎやかなコーヒーショップなどを観察しながら走ると、この街ではどんな人たちが、どんなふうに暮らしているのかが雰囲気としてわかってくる。あっちこっちと走ってみることで、どこからどこまでというような、自分に必要な街のエリアもわかってくる。

旅先の街の様子や、人々の暮らしぶりを知ることは、ひとつの安心でもあるし、そこでの滞在をたっぷり味わうためのコツでもある。だから僕は旅先での朝、毎日ランニングという名の散策をする。ポケットにメモとペンを入れておいて、自分だけの地図を描き込んでいく。昨日はこっちを走ったから、今日はあっちを走ろう。明日は向こうを、というように。

朝のランニングでは、もうひとつ目的がある。それは毎朝おいしい朝食が食べられる店を探すこと。僕にとって旅先の朝食くらい楽しみなことはない。

おいしい朝食屋を探すには早起きすること。それしかない。とにかく朝の七時に混み合っている店を探す。この時間に活気があふれている店なら、味は間違いない。

まずはその店で一番人気のメニューを探ってみる。一番人気がどれかは食べている人のテーブルを見ればわかるが、僕はいつも「昨日この街に着いたばかりの旅行者だけど、この店で一番人気の朝食はなんですか？」と店の人に聞くことにしている。すると、「これかこれですよ」と教えてくれるから、「えーと、どういう感じのものですか？」と聞くと、「あそこで食べているあれ」とか、「ほら、これだよ」とお客が食べているものを指さして教えてくれる。

「教えてくれてありがとう。後でまた来ます」と言って一度、店を出る。そんなふうにいくつかのおいしそうな朝食屋を見つけて（だいたい三軒くらいしかないはず）、ホテルに戻り、シャワーを浴びて、着替えてから、自分好みで、ここと決めた朝食屋に行き「食べに来ましたよ」と挨拶する。店の人は僕が旅行者であることをすでに知っているから、たいがい親切にしてくれるし、フレンドリーに話しかけてもくれる。

その朝食屋には毎日通う。浮気はしない。これが大事。すると、たった一軒の店であっても、旅先の街に顔見知りができることになる。

毎朝、通える朝食屋が見つかると、旅に暮らしが加わる。旅に暮らしが加わると友だちができる。旅先で友情を得るということは、僕にとってとびきりのしあわせで、これほど嬉しいことはない。そうすると単なる旅が、すごく特別な旅になる。

僕は、朝食屋の主人や店員の友だちが多い。あの街この街と。

ここに来れば大丈夫

五日間の休暇をとり、僕は旅に出た。

ハワイ島のヒロに着いた時、すでに陽《ひ》は沈んでいた。宿で荷を解き、夕食をとるために車を走らせた。ホノルルに次ぐハワイ諸島第二の都市ヒロは、夜八時を過ぎるとほとんどの店が閉まり、ひっそりと静まり返る。月の光に照らされた海が青く浮かび上がり、木立の中で野鳥がにぎやかに合唱をはじめる。

海岸から高台に上がっていく坂の途中に、古めかしいネオンが、点《つ》いたり消えたりしているのが見えた。小さなシンガポール料理店だった。今夜は夕食がとれそうだ。

車から降り、レースのカーテンがかかった扉をそっと開けると、客は一人もいなかった。エヘンと咳払《せきばら》いをして、ドアを閉めた。すると、キッチンから女性の声が聞こえた。僕は「ハロー」と返事をし、青いビニール貼りの椅子に腰を下ろした。

「あ、ごめんなさい。弟だと勘違いしちゃった」と、女性はバンダナで手を拭きながらキッチンから出てきた。日系人で三十代前半だろうか、さわやかなショートカットで、陽に焼けた肌がまぶしかった。白のタンクトップに同じく白いエプロンを着けていた。

「今日はハワイ大学のケータリングで、材料をすべて使い果たしてしまったから何も作れないの」。女性は申し訳なさそうに言った。そして「……旅行者ですか？」と聞いた。

「はい。日本から今着いたばかりです」と答えると、女性は僕の顔をじっと見つめたかと思うと、ふう、と小さくため息をついた。「お腹空いてますよね。よかったら、一緒に食べない？　ピザしかないけれど」

僕が恐縮すると、「この時間だとスーパーマーケットも閉まるから、何も食べられないのは気の毒よ。これから帰ってくる弟の分をあなたにあげるわ。弟はダイエットが必要だから」。女性はそう言ってクスっと笑った。僕もその時つられて笑ったが、なんだか久しぶりに笑ったような気がした。

「さ、食べましょう」。女性はデリバリーで届いていたピザの箱を開け、自己紹介した。

「グレイスよ。これでも元ＯＬ。この店は亡くなった両親が残した店。祖父は日本人よ。よろしく。ヒロには？」

「休暇です。のんびりしたくて。ハワイ島が好きなんです。にぎやかなオアフは苦手だから」

「わかるわ。ここに暮らす人、訪れる人はみんなそうよ。宿はどこ？」

定宿にしているB&Bを告げると、「大きな滝の音が聞こえるところね。あなたって人がそれでよくわかったわ」と言った。

そんなやりとりをしていたら、僕の中で凝り固まっていたいろいろな力が、じんわりと緩《ゆる》んでいくように感じた。なんだか友人の家で食事をしているような気分になった。

僕らは意気投合し、仕事を終え、帰ってきたテッドという名の弟と一緒に、食後のドライブに繰り出すことになった。

グレイスは、僕に特別な場所を教えてあげると言った。

僕らは、ヒロから北へ車を走らせた。途中で脇道に逸《そ》れ、しばらく舗装されていない山道を行った。

「ここに車を停めよう」とテッドが言った。車のライトを消すと真っ暗で何も見えなかった。「こっちよ」。グレイスは先頭を歩いた。その場所は、高い断崖絶壁の上にある草原だった。

「わあ！」と思わず声が出た。そこはまるで月の光に照らされた大きなステージのようで、そこから見える果てしない青い海の美しさに、僕は息を呑《の》んだ。

「ここは両親が眠るお墓なの。そしてヒロで一番美しい場所よ」

グレイスに言われて見渡すと、十字架や小さな墓標がいくつもあった。

「どんなにつらいことがあっても、ここに来れば大丈夫」とグレイスはテッドを抱き寄せ頬にキスをした。

「ここは昼間もきれいだけど、今日みたいに月のある夜のほうがきれいなんだ」とテッドが言った。

「星を見よう」

二人は草原にごろんと寝転がって夜空を見上げた。僕も寝転がった。

「ありがとう」と言うと「今日はピザしかなくてごめんなさいね」とグレイスは言った。「僕は腹ペコだよ」とテッドが言い、三人で笑いこけた時、いくつもの星が線を描いて目の前を流れていった。

僕は、良いことやそうでないこと、すべての出来事に対して「ありがとう」と、心の中で感謝の言葉を繰り返した。

古き良き時代のハワイ文化が今も残る都市ヒロは、こうして今まで以上に、僕にとって特別な場所になった。僕はその場所に癒され、旅を終え、いつもの日常に戻った。ぴかぴかで新しくなった自分を感じていた。

美しいもの

パリの町外れで、大きなショーウインドウがある店を見つけた。人通りが少なくて、少しさみしい場所だ。

ショーウインドウには、ウエディングドレスが飾られていた。夕方になって空が赤くなると、店に明かりがぽっと点いて、ウエディングドレスが暗い中にふわっと浮かんで見えた。ショーウインドウは、一枚の絵のように見え、真っ白のウエディングドレスは、舞台に浮かんだ踊り子のようで、それはそれはきれいだった。

人が歩いてきた。仕事帰りの若い女性だ。疲れた歩き方をして、重たそうなバッグを肩にかけている。女性は、ショーウインドウに見向きもせずに通り過ぎた。道にいた鳩《はと》が近づいてきた女性に気づいて、ぱたぱたと飛び去った。

ふと気がつくと、一度通り過ぎたはずの女性が、ショーウインドウの前に立っていた。女性はウエディングドレスを見上げていた。五分くらい、いや、十分くらい、女性は、ウエディングドレスをじっと見つめていた。

女性は、バッグからノートとペンを取り出し、上を見て、ノートを見てを繰り返し、何かを描き始めた。描いているのはウエディングドレスだとわかった。三十分くらいの出来事だっただろうか。

女性は描き終えると、さっきよりずいぶん軽やかな足取りで歩いていった。女性の後ろ姿を見ると、まるでウエディングドレスを着て歩いているように見えた。空は青くなり、夜になっていた。

僕は女性の後ろ姿を見えなくなるまで見つめていた。とても美しいものを見た気持ちで一杯になりながら。

目線を離してみる

旅が大好きだ。好きや嫌い、したいこと、したくないこと、できること、できないこと。心の引き出しに普段しまい込んでいるような、そんな本来の自分らしさと一対一で向き合える旅のひとときに、心地良さを見つけ出す。旅先でのんびりしたり、わいわい楽しんだりしていると、自分らしさがゆっくりと戻ってくるような感覚も好きだ。そうそう、自分の笑顔って、こんな笑顔だったなあ。

そんな時思う。やっぱり旅っていいなあ。

旅は好きだけど、僕は昔から飛行機が苦手なのが玉にきず。雲の上を飛んでいると想像しただけで震えてしまうし、ぎゅっと体に力が入ってしまう。実はすごーく怖がり。機内で眠ることができれば良いけれど、それがまたなかなか眠れない性質《たち》なのだ。まったく。

飛行機に乗ることは、僕にとっての一大事。よって、できる限り機内で快適でいられるような旅支度は欠かせない。リラックスできる室内着、好きな本や雑誌、アロマオイル、音を遮断《しゃだん》するヘッドフォン、アイマスクに肌ざわりの良いタオルなどを揃《そろ》えることにしている。

飛行機が苦手というのは、フライト中の揺れが特にそう。まったく揺れることのないラッキーな時もあるけれど、びっくりするくらい揺れる時がある。飛行機は揺れない時より揺れる時がほとんどじゃないだろうか。強い揺れが続く時は息が止まりそうになるくらいに怖くて、目も開けてはいられない。

しかし、人間というのはすごい。ほんとうに自分が困った時は、どうにかすることを必死で考えるのだ。

水の入ったグラスが倒れそうなくらいに揺れ始めたら、僕はこんなふうに対処している。

まず、目をつむって、まっすぐ姿勢よく座る。そして自分が、この飛行機のパイロットであると想像する。目の前に大きな雲のかたまりが迫ってきたら、上手に避《よ》けながら、飛行機を操縦していく。急上昇したり、急降下しても慌てない。自分で操縦《そうじゅう》桿《かん》を握って、なんとか機体をまっすぐに保つ。そんなふうに夢中になって飛行機を操縦している気になっていると、いつしか揺れはすっかり収まっている。

要するに、アクシデントで困った時は、他人任せにはしないこと。それが想像であっても、自分が当事者だと考えれば、対処に夢中になることで怖さは忘れられ、冷静でいられるというわけ。何かあったら、その状況から逃げずに、思い切って飛びこんでしまうという離れ技とでも言いましょうか。

暮らしや仕事においても、苦手なことはいくつもあるけれど、逃げたり避けたりせずに、しっかり受け入れて、目線を自分から離してみる（僕はパイロットになってみた）。すると、不安や怖さは、ある種の楽しさにも変わる。

この発明は、いろいろな場面で役立っている。

背筋を伸ばす

いちょうの実が目をさまし、旅立ちの日を待っている頃だろうか。黄金色の子どもたちのおしゃべりに耳を澄ましながら歩く秋の散歩が好きです。

二十歳の時、ニューヨークの西七十三丁目の小さなアパートに暮らしていた僕は、毎朝十時にセントラルパークを散歩するのを日課にしていた。

その頃は、あまりに単調な暮らしだったから、そんな日々のアクセントが必要だった。

隣人やドアマン、コーヒーショップの店員、犬を散歩させる婦人、道を掃除する人など。毎朝、散歩の行き帰りに挨拶をする人が次第に増え、旅人だった僕はいつしか生活者となった。

散歩を日課にしてから一週間くらい経《た》って、一人の女性と出会った。

僕はいつもストロベリーフィールズの入口から公園に入っていった。彼女もたいてい同じ時間にその入口から公園に入っていくから、自然と顔を合わせるようになり、同じ日本人だったせいで、言葉を交わすようになった。

「いい天気ですね」「うん、ほんとに」

「どこでコーヒーを買ってますか」「あそこの角よ」

「すてきなコートですね」「あなたのジャケットも」

「散歩ですか」「うん」

僕らはすぐに散歩友だちになった。そして、雨の日も風の日も散歩を欠かすことはなかった。

彼女は一つ年上で、ファッションを学ぶためにニューヨークに留学していた。前髪を短く揃えたショートカットで、センスよくコムデギャルソンを着こなし、なによりすてきだったのは、いつも磨かれていた黒や茶色の革靴だった。手入れが行き届いた靴でセントラルパークの小道を歩く彼女の姿は、まるで映画のワンシーンのように美しかった。

ある日、着こなしを褒めると、彼女は言った。

「おしゃれに一番大切なのは姿勢だと思うの。何を着ていようとも、背筋を伸ばして胸を張って歩くことじゃないかな」

彼女は、少し照れながら秋の空を見上げた。僕は彼女に片思いした。

真冬のように寒い朝だった。いつものようにストロベリーフィールズから一緒に歩き始めると、彼女は「寒いね」と言って、自分の手をすっと僕のコートのポケットに入れて、ポケットの中の僕の手を強く握った。初めて触れた彼女の指は細くて手は小さかった。「うん、今朝は寒い」と答えて、僕も彼女の手を握り返した。赤や黄色の落ち葉を踏みしめる音を聞きながら歩く彼女は、時折、僕の手を握り直し、なぜか言葉が少なかった。

その日を最後に彼女と会うことはなかった。数日後、一通の手紙が届き、散歩した日の午後、彼女が帰国したことを知らされた。

僕は手紙をコートのポケットに入れて、セントラルパークを背筋を伸ばして散歩した。よく磨いた靴を履いて。

忘れなくていい

パリからブリュッセルへと旅した僕たちは恋をしていた。

列車は空《す》いていた。通路をはさんだ反対側の席に座っていた上品な婦人が、車窓の景色をぼんやり見つめながら、か細い声で歌を唄っていた。

ふと目が合ったので、「すてきな歌ですね。歌の名はなんですか?」と声をかけると、「あら、恥ずかしいわ。歌は『ティー・フォー・トゥー（二人でお茶を）』というの。あなたたちのような二人を唄った昔のジャズナンバーよ」と婦人は照れながら教えてくれた。

「ティー・フォー・トゥー」。なんてすてきな言葉なんだろうと思った。

「ブリュッセルに着いたら、CDを買おう」と隣に座っていた彼女が嬉しそうに言った。

ブリュッセルでは三日間過ごした。食事をしながら、街を歩きながら、宿の窓から景色を眺めながら、広場のベンチに座ってぼんやりしながら、僕たちは、『ティー・フォー・トゥー』のメロディを口ずさんだ。恋する二人の未来を描いた歌詞に僕らはしあわせを感じた。ブリュッセルの青い空に小さな白い雲がいくつも浮かんでいた。
パリに戻った僕たちは、一週間後、取るに足りない理由で別れてしまった。旅先でお互い一人になった。『ティー・フォー・トゥー』は、思い出の歌になった。

こんなふうに、忘れかけていた恋の思い出が、ふとよみがえる時がある。誰に話すわけでもなく、自分の中だけで、とぎれとぎれの映像となって消えては現れを繰り返す。終わった恋は、いつもまばゆいばかりの光を放ち、そうして心の奥底にある引き出しに再びそっとしまわれていく。終わった恋は時が過ぎると、悲しさよりも愛《いと》しさが残るのはなぜだろう。

人は誰しも忘れようと努力しても、忘れられないことがある。どうして忘れられないのだろう。それはその出来事が自分にとって、とても大切なことで、それを忘れてしまうということは、ある意味、自己を否定することになるからではないだろうか。では、とても大切なこととはなんだろうか。それはきっと自分が心から愛している思い出なのだろう。

僕はこう思う。仕方ないよ。自分はそのことを愛している。愛していることを愛していないと言うのは無理なんだ。忘れることなんかできないよ、と。

思い出はすてきなことだけではなく、つらかったことや悲しいことなど、いろいろとある。そんなつらかったことや悲しかったことほど思い出として、僕らは愛しているのではなかろうか。

僕は今日、車を運転しながら『ティー・フォー・トゥー』を唄っていた。そうしてあの頃の恋を思い出していた。そしてまた、あの日、パリからブリュッセルに向かう列車で出会った婦人は、『ティー・フォー・トゥー』を唄いながら、どんな恋を思い出していたんだろうかと思った。

すてきな女性だった。

秘密の場所

ニューヨークを訪れると、僕はいつも「バーグドルフ・グッドマン」に行く。高級デパートとして知られているが、僕にとっては秘密の場所だ。北側のエレベーターで五階まで上がると、売り場から離れた、しんと静まったエレベーターホールに着く。そこは少し暗くて人気《ひとけ》もあまりない。縦長の窓からきらきらと明かりが差し込んでいる。

とても昔。まだ僕がニューヨークのことを何ひとつ知らなかった、毎日とてもさみしい思いをしていた頃、暮らしていたアパートの近くにあったカフェで働く、イスラエル人のアヤという名の女の子と、二人には似つかわしくない五番街を散歩したことがある。どうして彼女と一緒に散歩することになったのか思い出せないが、クリスマス前のニューヨークのきらびやかな繁華街を僕らはとぼとぼと歩いた。

「私の大好きな秘密の場所を教えてあげる」。アヤはそう言って、僕の手を引いて「バーグドルフ・グッドマン」のドアマンのいる扉を堂々と入っていった。エレベーターで五階に上がり、「ここよ、ほら、ここからの景色を見て」と言って、縦長の窓からの景色を見るように、僕の背中を手で押した。夕方を少し過ぎたニューヨークの街は、黄金色の空の下に、星が散らばったようなイルミネーションが舞っていてとてもきれいだった。

「あそこを見て、クリスマスツリーよ」。セントラルパークを前にした高級アパートの窓を見ると、ダウンライトで照らされた部屋の中に、赤や青の小さなライトがきらめくクリスマスツリーが置かれていた。

「馬車が行くわ」。五番街を行く馬車をアヤは指さした。空の色が青く変わっていく中、僕らはニューヨークのクリスマスに夢中になった。

「ここは私の一番好きなニューヨークの景色が見える場所。私しか知らない場所よ。あなたに特別に教えてあげる。あ、そうだ。これはクリスマスプレゼントね。メリークリスマス！」。アヤはそう言って、少女のようにくすくす笑いながら、窓ガラスに顔を近づけて、「あんなところに小さな犬がいる」とつぶやいた。

「アヤ、ここには一人でよく来るの？」と僕が聞くと、「うん」と答えた。

アヤとは、それから二度「バーグドルフ・グッドマン」の秘密の場所を訪れ、何を話すわけでもなく、ただ景色を見つめるひとときを楽しんだ。ある時、雪で真っ白になったニューヨークを眺めていたら、アヤの目に涙が浮かんでいた。僕は何も聞かなかった。それがアヤと会った最後の日になった。

僕がもっと英語を話せれば違ったかもしれないが、僕とアヤは手をつなぐこともなく、キスをすることもなく、けれども何かが通じ合った不思議な関係だった。

僕がこうして今も秘密の場所を訪れるのは、もしかしたらアヤがあの頃のように窓に顔を近づけて、そこに立っているかもしれないと期待するからだ。

今ならもう少し僕は、自分の気持ちを英語で伝えられるだろう。僕はアヤと、もっと話がしたかったんだ。

Chapter 3

誰かのためにする

三十通のお守り

孤独であることは生きていく上での条件であるというのはわかっている。孤独を受け入れるからこそ、他人への思いやりも生まれ、やさしくなれるともわかっている。そう、だからこそ誰かを愛することもできるということも。

しかしながら、孤独にもいろいろとあり、自分を否定される孤独というのは、なかなかつらいものがある。はっきりと否定されるならまだしも、なんとなく否定されている中で、暮らしや仕事をしていかなければいけない孤独は、キリキリと胸を締めつけるものがある。

そういう時期や境遇は、誰しも一度や二度、経験があるだろう。

先日、かばんの中身を見せて欲しいという取材を受けた。かばんの中には何ひとつ珍しいものはないつもりであったが、およそ三十通あまりの手紙の束を取り出した時、相手の驚きようといったらなかった。なぜそんなに手紙を持ち歩いているのかと聞かれ、こう答えた。

「手紙の束は僕にとってお守りです。上手《うま》く言えませんが、この手紙の一通一通は、僕を励ましてくれたり、僕を認めてくれたり、僕を必要としてくれているものばかりなのです。だから、自分がもうだめかも、と思った時に見返すと、がんばろうと思えるのです。いわばこの手紙の束は、たくさんの僕の味方なんです」

手紙には、書いて送ってくれた人の心が、いつまでもそこに消えずにあり続けて、僕を支えてくれている。

つらい孤独も、「屁《へ》の河童《かっぱ》」と思わせてくれる、力強いお守りなのです。

聞き上手になる

すてきな人ほど、聞き上手だと最近よく思う。

なんでもないおしゃべりであったり、仕事の話、ちょっと大変な相談事であっても、聞き上手な人と話していると、自然と心がふわっと開いて、話の内容がどうであれ、なんだかしあわせな気持ちになって、このままいつまでもおしゃべりしていたいと思ってしまう。


僕の知っている聞き上手の一人に、Aさんという女性がいる。三十代で既婚のAさんは、会社勤めをしながら、育児もあるので日々とても忙しい方だ。

僕らが会うのはいつもランチタイムの一時間。一、二ヵ月に一度の割合で気軽に会う。会って座った途端にAさんは、まず自分の近況をこちらが聞く前に話してくれる。そして、いつの間にか僕は自分のことをあれこれと自然に話しはじめている。Aさんがそういう雰囲気を作ってくれるのだ。

話題についての彼女の反応は、うん、とか、へー、ではない。いいあんばいで意見を含ませながら、静かに感動してくれているのが伝わってくる。静かに感動というのがなかなかの妙で、騒がずに、心を使って、言葉をしっかりと受け止めてくれるという感じである。大抵、お店での会話であるからそういった気遣いは重要なのだ。何はともあれ、大げさに身を乗り出すわけでもなく、どんな話題でも、とても興味を持って話を聞いてくれるだけで、話す側は嬉しくなる。

そこで思うのは、聞き上手というのは、感動上手であるということだ。たとえば、話題が気恥ずかしいことであっても、何かしら些細《ささい》な点を見つけて感動してくれるから、さらにあれこれと話を続けてしまう。しかも、意見はあっても、基本的に全肯定の姿勢で聞いてくれるから安心なのだ。

恋愛関係の二人ならばあり得るかもしれないが、僕らはそうではない。だから余計その姿勢が心に沁《し》み入る。やさしさとか、思いやりとか、愛情という、人に対して大事な心持ちすべてが揃った、話を聞く姿勢とでも言おうか。大げさに言うけれど、話を聞きながら、笑ったり、泣いたり、怒ったりを、僕の代わりにしてくれて、しかも、言葉にしたくてもできないもやもやを、言いたいことはきっとこうだよねと、すぱっと冴《さ》えた言葉にしてくれたりする。

そして、こちらがすでに持っている答えのようなものと同じ答えを口にしてくれるというおまけ付きだ。コミュニケーションにおいて、人は皆、常に自分との同意見を他人に求めているというが、まさにそのツボを心地良くキュッと押してくれる。

Aさんは今仕事でたくさんの成功を収め、大活躍している。きっと聞き上手なことで育んだ、たくさんの人との信頼関係があってのことだろう。僕はAさんに会うたびに、人の話を聞くことの大切さを学んでいる。

「私は単にお人好《ひとよ》しで好奇心旺盛なだけ」と、Aさんは言うけれど、なんてすてきな生き方であろうかと思っている。

必要なのは楽しさ

みんなで大きな音を出し、みんなで美しいメロディを演奏したい。これは、仕事、家庭においての僕の目標である。

仕事においては、会社組織であったり、フリーであったりと、それぞれ違った環境があるけれど、たとえば一人で大きな音を出そうと精一杯がんばっても、その音の大きさは、たかが知れている。しかも一人で出した音でメロディを演奏しても、音が小さいぶん、聴いてくれる人の数は少ないだろう。反面、幾人かの人数で出すことができた音は、一人で出せる音とは比べようがないくらい大きく、その大きな音で演奏したメロディは、たくさんの人の耳に届き、聴く人の心を強く揺さぶる美しさがあるだろう。

家庭においても同様で、家族の誰か一人で音を出すよりも、家族全員で心を合わせて音を出し、全員でメロディを演奏したほうが喜びも大きい。

どうしたらみんなで大きな音が出せて、美しいメロディを演奏できるのだろうか。僕はそれを学びたいと思っている。

メロディを演奏するためには指揮者が必要である。指揮者は、社長かもしれない、リーダーかもしれない。父親や母親、パートナーかもしれない。優れた指揮者の下で音を出す楽員は皆、口を揃えてこう言う。

「とにかくすごく楽しいんだ」と。

そう、みんなで大きな音を出し、みんなで美しいメロディを演奏するためには、楽しさが必要なのだ。

世界に名だたる指揮者の小澤征爾氏は、楽員それぞれが演奏したいように演奏する形に持っていくのが、指揮者の大切な仕事だと言っている。

なるほどなあ。楽しさとは、自由であることなんだ。

その人を思うこと

「すんぎり」という言葉を知っていますか？

つい先日、『日本料理かんだ』の神田裕行さんに教えてもらった言葉だ。漢字で書けば、「寸切り」で、おもに野菜を切るサイズを指す言葉らしいが、寸とは一寸のことで約三センチ。野菜は三センチの長さに切るのが基本だと言う。一寸は人差し指と中指の二本の幅が目安。どんな食材においても、寸切りもしくはそれよりも小さく切るというのが正しいとのこと。それは一体なぜでしょうか。

「一寸というのは、子どもから大人までの口の平均の大きさなんです。寸切りをするというのは、それを食べる人にとって、一番食べやすい大きさに切るということ。料理は、味や見た目よりも、食べやすさがもっと大切なんです」と、神田さんは教えてくれた。

誰もが食べやすい大きさに切るのが基本、という心持ちに僕ははっとした。

仕事においても暮らしにおいても、相手の何かがしやすいようにひと手間かける、もしくは心がけることは、実際には気がつきにくいことでもある。

だが、それができていれば無意識に心地良さを生んで、料理においてはおいしいにつながる。暮らしにおいては、心地いいとか、嬉しいとか、楽しいにつながることなのだ。

どんなことにもその先には人がいて、その人を思うことで、小さな工夫やアイデアが生まれ、いつしかそれが基本になっている。

そうかあ、基本が基本である理由には、必ず人への愛情が隠されている。

基本とは愛のかたちなのだ。

どうやって選ぶのか

七十五歳になった母と二人で買い物に出かけた。人混みの中、僕の少し前をさっそうと歩く母の後ろ姿を見ながら、二人で買い物なんて何年ぶりだろうと思った。足取りはひとつも変わらないけれど、母の背中と肩が小さく見えた。

子どもの頃、近所の商店街に、その日の夕飯のおかずを買いに行く母に付き合うのが好きだった。母はいつも前掛けを腰に巻いたまま出かけた。母は商店街を一通りゆっくりと見て歩き、今日は何が良くて、何が新鮮で、何が安いかをしっかりと見極めてから、あそこであれを買いましょうと言った。行きつけの八百屋やお肉屋などの店主と世間話をしながら、いわゆる今日の情報を集めるのが母のスタイルだった。

最後の買い物が終わると、「はい、これでなんか好きなものを買っておいで」と小銭をくれた。小銭は五十円。五十円で何を選ぶのか。これが僕の楽しみでもあった。お菓子屋、文房具屋、パン屋など、その日の気分で僕は店を選んで、何かひとつ買い物した。

「今日はこれを買ったよ」と母に見せると、「よかったわね」と、笑顔で頭を撫《な》でてくれた。お金が足りず、欲しいものが買えない時は、次の日に繰り越し、百円にして買ったりもした。そんな方法も母が教えてくれた。

とにかく母は僕に、買い物を通じて、たくさんの中から何をどうやって選ぶのかを教えようとしていた。何かと「はい、選んで」と言うのが口癖だった。

デパートで開かれた名画の展覧会に行くと、必ず「どの絵が欲しい？」と聞き、「あれが欲しい」と答えると、その絵のポストカードを買ってくれた。そのせいかどうかわからないが、大人になった今、僕は「選ぶ」という行為について人一倍早い。いつでも五感を働かせ、選ぶための情報収集をし、「この中からひとつを選ぶ」という答えを出す、ものの見方が身についてしまっている。レストランでの注文も早過ぎて人に驚かれるのはたびたびだ。

久々の母との買い物は、母の希望で伊勢丹デパートに行った。その日は婦人服売り場を歩いた。ゆっくり見て歩くことは昔とひとつも変わっていなかった。機嫌良く店員に挨拶し、あれこれと言葉を交わし、「また来ます。ありがとう」と言って次へ行く。

母は一通り見てこう言った。「どれかひとつ選んで」と。僕は驚いた。母は今まで自分のものを人に選ばせることなんてしたことがなかったからだ。「お母さんのものを?」と聞くと、「そうよ」と答えた。母は「選ぶのが遅いわよ」という目をして僕を見た。この歳になって、まさか子どもの頃のように選ばされるとは思わなかった。しかも、母の着る服を選ぶなんて難しすぎる。

僕は自分が一番すてきだと思ったコムデギャルソンの春らしいドレスを選んだ。「ありがとう。それにするわ」と、母は買い物をした。あんなに好きだった、母との買い物だったが、この日を境に少し怖くなった。でも嬉しかった。すごく。

おもしろい人に学ぶ

「好きなタイプはどんな人？」と聞かれて皆さんはどう答えますか？

やさしい人、おしゃれでかっこいい人、仕事のできる人など、好みはいろいろとあると思う。

僕の好きなタイプは、おもしろい人。あ、これは男女問わず。ぱっと、その場を明るくしてくれる、みんなを笑わせてくれる、おもしろい人が大好きだ。

もちろん、その場の空気を読める人であってのことで、そうでないと笑えるものも笑えなくなって迷惑だ。場合によっては、笑わせたつもりが怒らせてしまったり。

そう考えると、おもしろい人とは、勘がよくて、その場の空気が読める人。しかも、おもしろいことを言うにはちょっとした知識が豊富であったり、気の利いたジョークを知っていないといけない。おもしろい人とは、実は頭の良い人ということだろう。

人を笑わせるということは、かっこつけていてはできないから、サービス精神が旺盛であることも大切だ。

女性の場合のおもしろい人とは、そのひとつに話し方がある。とにかく、話し方がおもしろい人が、まわりにいるだろう。毒舌なのもおもしろい。おっちょこちょいなおもしろさもある。まあ、ひとことで表すと底抜けに明るいということかな。よく言う天然っぽさもおもしろさだと思う。

元気のない時の一番の特効薬は、笑うこと。たくさん笑うと、いやなことや悩みといったいろんなことが、どこかにパーッと吹き飛んで、ケロッと元気になる。

だから、僕のまわりにいてくれるおもしろい人に言いたい。

いつもありがとう。ほんとうに大好きです。あこがれです。

対話のポイント

パートナーや夫婦、友人、仕事仲間の間で、常に大切なのはコミュニケーションだ。何も話さなくても、察してもらいたい、わかって欲しいというのは、ワガママだ。ワガママはトラブルの元。

それがわかっていながらも、問題が起きるのは、いつも人間関係である。どうすればいいのだろうか。

僕が気をつけていることは、できるだけ相手と対話をすることだ。この対話の時間がなくなると、何かと問題がくすぶってくる。あなどってはいけない。

対話のポイントは、常に、今のこと、そして、未来のことの両方を話すように心掛けることだ。

まずは、今、自分が思っていること、悩んでいること、向き合っていること、抱えている問題を、自ら話す。自分のことを相手に話せば、自然と相手も話してくれる。対話の内容に関心を寄せることで、さらに互いを知り合うことができる。で、その先に、自分が望んでいる、または計画している未来のことを話す。すなわち、今こうだから、未来はこうしたい、という前向きな対話である。

大切な人の今と未来を知るということは、とても安心することだ。そうすると気になっている些細なことを許せたり、受け入れることができたりもする。

自分と相手の間にぷくっと生まれる「不安」という要素を、対話によってできる限りなくすようにすると問題は起きない。

対話の目的は、相手にとっての「わからない」をなくして、「安心」させること。

さあ、あの人と対話をしてみよう。

会えたら会いたい

「会えたら会いたい」という言葉が好きだ。

なかなかいい言葉だなあと思っている。直接的に「会いたい」と言うのは少し照れるから、まあ、ワンクッションというか、ちょっと姿勢を低くして、「もし会えるなら、ぜひ会いたい」という気持ちを込めた言葉として使っている。

「会えたら会いたい」は、普通に「会いたい」と言うよりも強い言葉だなあと思っている。控えめなようで積極的というあいまいさが、相手からすると、返事をしやすいという雰囲気も含んでいる。だから使いやすいんだ。

でもね、この言葉の本質は、「あなたのことが好きだから会いたい」だと思っている。どうでしょう？ そんなふうに感じませんか？ 恋愛感情だけでなく、人として好きというのも含めてです。

僕なんかは「会えたら会いたい」と言われたら、ものすごく嬉しい。「えー、ほんとにー」と。「会えたら」という部分に思いやりも感じるし。

常々思っているのは、言葉使いというのは、心使いであるということだ。普段から当たり前のように使っている言葉に、いかに心を働かせることができるのか。その内容がどうであれ、自分が言われて、もしくは告げられて、どう感じるのか、どう思うのか。嬉しいのか悲しいのかをいつも考えることが大切なのじゃないだろうか。

たったひとことで、人は飛ぶことができるし、落ちもする。だから、人はもっと言葉使いに心を働かせるべきだ。ていねいであればいいということではなく。

誰だって好きな人はいるだろう。いつかその人に「会えたら会いたい」と言ってみてください。会えなくても、きっと思いは通じるはずだから。

何度も何度も読む

愛というのは、互いに相手の顔を眺め合っていることなのではなくて、同じ方向に二人で一緒に眼を向けることなのである。

（サン＝テグジュペリ）

今日、こんなすてきな言葉と、ある一冊の本の中で出合った。何度も何度も読んでいた本なのに、なぜ今まで、この言葉と出合えなかったのだろう。

アン・モロウ・リンドバーグの『海からの贈物』（吉田健一訳 新潮文庫）である。この本は二十代の頃から読み続けていて、長く付き合っている友だちのような本だ。こんなふうに、読む時の自分の状態によって、新しい出合いや気づきがあるのも読書の妙味である。そう思うと、やっぱり、本との関係は、人との関係に近いと思う。一目ぼれもあるし、なかなか仲良くなれないこともある。長く付き合って、やっとわかり合えることもある。けんかもあるし、別れもある。

本の内容は、ごく普通の家庭の主婦が、普段の生活から離れ、ある島の海辺に一人で滞在し、住まいや持ち物、自分のこと、子どもや夫のこと、人間関係などを、これからどのように考えていくか、これからの人生をどう生きていくかというようなことを綴《つづ》ったエッセイである。

男の僕でも、書かれた文章に自分を重ね合わせ、「まずは自分で考える」ということの大切さを若い頃に知った一冊である。むつかしい言葉を使わない、素直でやさしい文章も大好きだ。

もうひとつこの本で出合った言葉を紹介したい。

「私は簡易な生活を望み、やどかりのように何でもなく運んで行ける殻の中に住みたい」

よかったら手にして読んでみてください。いや、ぜひ。

プレゼント仮説

「プレゼント仮説」という考え方を、ご存知だろうか。僕はこの仮説を知った時、なんだか心があったかくなった。

果物や木の実をとり、それを運搬することで、僕たちの祖先は、直立二足歩行になったという話だが、それはオスがメスに自分を気に入ってもらおうと食料をプレゼントするためであり、いわば人類は、恋愛をしたいがために直立二足歩行をしたということだ。

それまでは、他のオスと争って自分のものにしていたメスを、食べ物をプレゼントすることで気を引くという、まさに愛のはじまりがそこにはあった。

それまで直立二足歩行などしたことがなかったのに、プレゼントを両手で持って、メスのところに行きたいがために、立って歩きはじめたというのが、人間らしくていいなあ。その先に今の僕たちがいるのですよ。メスを自分のものにしたいという下心が、人類の大きな進化を生んだというのがすてきだ。誰かのために何かをする。この気持ちが人類を進行させたのが嬉しい。

僕は人にプレゼントをするのが好きだ。恥ずかしいけれど女性へプレゼントするのは大好きだ。そう思うと、もしかしたら自分は、人よりも祖先に近い何かが、頭なのか身体のどこかになのか、残っているのかもしれない。それはそれでおもしろいなあ。

直立二足歩行をするようになった理由は、食料をたくさん持つためとか、道具を持つようになったからとか、諸説あるけれど、僕は「プレゼント仮説」を信じようと思っている。

寄り添うということ

とても親しき仲において、その親しさとは何かということに思いをめぐらせる時、友人やパートナー、家族の顔が浮かんでくる。あまりに当たり前なようだけど、親しき仲の人が、一人でも自分にいるというのは、とてもしあわせなことであるし、どれだけ心の支えになっているかとつくづく思う。

親しき仲の人に、自分はどのように接しているのか。どんなふうに付き合っているのかと、ふと考えてみると、それは、まあ、わがままをしてばかりだ。少しばかり申し訳ないなあという負い目のようなものを感じ、わがままを押し付けるのではなく、もっと相手の気持ちを思いやらないといけないないなと反省した。

親しき仲だからこそ、ついつい甘えてしまう。まあ、お互い様と言ってしまえば、それでよいのかもしれないけれど、甘え合ったり、わがままを言い合ったりするのが、親しき仲かと思うと、それは少し違うようだ。

親しき仲において、一番すてきな心がけはなんだろう。嬉しいことってなんだろう。その時にふと思い浮かんだのは、寄り添うという言葉だ。

寄り添う。いつも寄り添う。何があろうと寄り添う。ずっと寄り添う。親しき仲とは、寄り添う仲ではなかろうか。

たとえば、暮らしや仕事において、孤独を感じたり、もしくはとても疲れたり、その苦痛の状態を説明したくてもできない時、親しき仲の人にどうしてもらいたいか。またはそんな親しき仲の人に、自分は何をしてあげたいか。その時は何も聞かず、何も語らずに、ただただ寄り添うということが、どれほど嬉しくて、どれほど助けられるものかと思った。

もちろん、伝え合ったり、語り合ったり、感じ合ったりというシェアは大切だけど、それができない時もある。そういう時や、なんでもない時も含めて、自分に、いつも寄り添ってくれる人がいるというのは、なんてしあわせなんだろうと思う。

自分は、親しき仲の人に寄り添うことをしているのか。自分に寄り添ってくれる人が欲しいなら、まずは自分から寄り添うことを大切にしなければいけない。そういうことを考えていくと、なんというか、親しき仲というのは、寄り添い合うという関係が理想なように思えてくる。もっと言うと、相手に寂しさを感じさせないということだ。それは一番嬉しいことであると今更気づいた自分がいる。

また、その寄り添うという、相手に寂しい思いをさせない関係くらい、むつかしいものはないというのもわかっている。

何も言わずに寄り添い合う。そういう関係こそが、ほんとうの意味での、親しき仲なのだろうな。そして、そこに留まるのではなく、寄り添って歩くということができたら、なんてすてきなんだろうとも思った。

あなたには、寄り添い合う人はいますか。

寄り添って歩いている人はいますか。

Chapter 4

お辞儀の仕方を身につける

日曜日の習慣

僕には日曜日ならではの習慣がある。一週間分のシャツにアイロンをかけることだ。基本的にシャツは、クリーニング店で洗濯とアイロンかけをしてもらう。それをそのまま着ればいいではないかと思うだろう。

しかしクリーニング店で仕上げてもらったシャツを、そのまま着ると、畳みジワが縦や横についている。これが嫌だ。だから、仕上がって畳まれているシャツを広げて、もう一度自分でアイロンをかける。すでに一度アイロンがかけられているから、洗いたてにかけるよりはとても簡単だ。要するに、畳みジワを取るだけのアイロンかけをする。

シャツのアイロンかけには、他に大きな目的がある。それはアイロンをかけながら、明日からの一週間の気構えというか、心の準備をすることだ。予定表を確認しながら。

大げさに聞こえるだろうが、僕にとってのアイロンかけは、よーし、明日からの一週間を、またがんばるぞという覚悟をするための儀式だ。

正直に言うと、日曜の夜は、明日からの仕事を考えてしまって、緊張もする。僕にとっての一週間は、そんなふうにシャツにアイロンをかける日曜日の夕方からはじまる。そうして気持ちを仕事に切り替えて、夜更かしをせずに寝る。月曜日の朝は、いつもよりも早く起きて会社に行く。

この習慣が十年以上続いている。

老舗バー店主の教え

南青山にある老舗のバー『ラジオ』は、店主の尾崎浩司さんが作り上げた大人の社交場である。訪れる客には、清潔な身だしなみ、美しいマナー、センスよく、和《なご》やかな会話が求められる。とは言うものの、堅苦しさはひとつもなく、おいしいカクテルやお酒、そのやわらかな雰囲気が、疲れた自分を癒やしてくれる大好きな店である。

尾崎さんはもちろんのこと『ラジオ』で働くバーテンダーの方々の所作《しょさ》がいつもすてきなので聞いたことがある。

「こちらで働く人は、まず何を教わるのでしょうか?」と。すると尾崎さんはこう話してくれた。

「最初は立ち方です。まっすぐにちからを抜いて立ってみなさいと言って立たせてみると、ほとんどの人がまっすぐに立てないのです。普段の生活の中でスッとまっすぐに立つ意識を持ったことがないからでしょうね。その次に教えるのは、お辞儀の仕方です。お辞儀とは感謝を伝えるものです。単に深々とお辞儀をすればよいというものでもありません。そして歩き方を教えます。姿勢よく、静かに品良く歩くのはむつかしいのですよ。この三つを身につけるコツは、いつも自分を客観視することです。少し離れたところから自分を見て、美しいかどうかを想像して確かめることです。所作が美しいと、人から好かれ、愛されます。どんな仕事でもお客様から愛されないとやっていけないでしょう。そのためのことなのです」

話を聞いた僕は目からうろこが落ちた。仕事をするにあたって、まず身につけるべきことは、立ち方とお辞儀の仕方、そして歩き方だと知ったからだ。

「一番簡単なことが、実は一番むつかしいのです。一番簡単なことを美しく行うことができるようになれば一人前です。美しさとは、つつましくて、やわらかく、静かで、ゆるやかなことです。何ひとつこわばってはいけません。こわばりを取る方法をひとつ教えましょう。口角を少し上げるように気をつけることです。口が笑顔になると、目がやさしくなります。目がやさしくなると、顔からちからが抜けて、自分の一番美しい顔になります。鏡を持ち歩いて一日に何度も自分の顔を見るといいですよ」

実を言うと、僕はお酒が飲めない。お酒が飲めないのにバーに行くなんておかしな話だけど、『ラジオ』にはノンアルコールのカクテルが百種類以上ある。驚くことに尾崎さんがお酒を飲まないから、たくさんのノンアルコールカクテルのレシピがあるという。チョコレートとイチゴを混ぜ合わせたスイーツのようなカクテルを、希少なアンティークのグラスで嗜《たしな》みながら、尾崎さんの話を聞く。なんて贅沢なことだろう。僕にとって『ラジオ』は、くつろぐ家のようで、学び多き学校のようで、今の自分の姿が美しいかを確かめに行く場所なのだ。

自分らしさの定番

大好きな秋になった。草や木が黄色や赤に染まる、紅葉の「あか」くなるという言葉が、「あき」の語源のひとつだと、ふと思い出し、秋の景色の移り変わりを見つめている。

「おとなしやか」という言葉をご存知ですか。最初僕は、すらりと言えなくて、ちょっと面映《おもは》ゆかった。どういうわけか「おとなしなやか」と、間違えて覚えていたので、「おとなしやか」と言えなかった。けれども、きちんと覚えると、「おとなしやか」とか「おとなしやかな」という言葉は、すてきだな、きれいだなと、小さな感動を抱いた。

「おとなしやかな」とは、「落ち着いていて、おだやかな」という意味だ。

夏のさなか、あるところで日本料理をいただいた時、「おとなしやかなおいしさですね」と、一緒に食事をした年上の女性がおっしゃったので、はっとした。ああ、自分もこういう美しい言葉をさりげなく言えるようになりたいと強くあこがれた。

さて、秋といえば、装いが楽しい季節でもある。買い物欲がむくむくと盛り上がる。

この秋は、シーズンのおしゃれよりも、それこそ、おとなしやかな装いをしたいと思っている。そんな服との出合いを期待している。そのためには、たくさんの店を見てまわり、ちょっと背伸びして選んだ服を、どんどん試着してみる。少しくらい失敗してもよいから、おとなしやかな装いのチャレンジを楽しみたい。

たとえば、僕はおしゃれをこんなふうに考えている。

一見ちょっと地味かな、というくらいで、よく見ないとおしゃれなところがわからないくらいの服を理想としている。着はじめの時は、その良さがすぐにわからなくても、日々、着続けることで、生地や仕立ての上質さ、着心地の良さが、じんわりと感じられる服がいい。

料理にたとえると、最初の一口目は淡い味と思いつつ、味が向こうからやってくるというよりも、一口一口、食べながら味を探しに行くような感覚かな。そして食べた後に、心にしみじみとおいしさが残るような料理が一番好きだ。

こんなふうに楽しめる服で、自分らしさという定番を作っていく。そういう服は上質であるから、それなりの値段だろうが、着るほどにしあわせが増していくのだから、きっと納得ができる。

そう、おしゃれとは、体面の繕いだけでなく、その時の自分が信じる「美しさ」を手に入れること。「美しさ」は人を必ず元気にしてくれる。だからこそ、おしゃれは、人の暮らしになくてはならない。

先日、僕はラルフ・ローレンの甥《おい》っ子、グレッグ・ローレンのジャケットを買った。とてもおとなしやかだ。

あなたはこの秋、どんな装いを楽しみますか？

大好きな秋、それを着て、どこへ出かけようか。新しい服を着ると、旅に出かけたくなるのは僕だけだろうか。それは人に恋をした時の気分に似ている。

長過ぎず短過ぎず

冬のコートを買った。

久しぶりだなあと思った。と言っても、たかだか二年ぶりである。

でも、コートってそんなに頻繁に買うものではありませんよね。みなさんはいかがですか。まあまあ値段も張るし、服としては大きいから、たくさんあると置き場所にも困るし。シャツやニットに比べたら、やっぱり、あまり新調するものでもないかもしれません。でも、コートを久しぶりに買って、ちょっと嬉しかったのです。

コートを新調したら、マフラーと手袋も新調したくなった。そして、靴もコートに合わせたくなって、ちょっと散財しそうで困っている。お気に入りのコートがあると、コートありきの小物選びの楽しみもあるなあ。

「今まであまりそういうことを考えなかったのはなぜだろう」と友人に言うと、「きっと、コートの似合う年齢になったから」と言われて、はっとした。

コートは大人のおしゃれ？　うん、そうかもしれない。

「コートの着こなしのコツは肩幅を合わせることと、ちょうど良い袖の長さ。特に袖丈は、長過ぎず、短過ぎず、手を下ろした時の丈と、手を九十度に曲げた時の丈の両方をよく見極めて、袖の長さを合わせること。肩幅と袖丈が身体のサイズに合っているコートを着ている人はかっこいいよ」と友人は教えてくれた。

痛いところを突かれた。大きめを着ている人が多い中で、ジャストサイズのコートを着ている人はまさにエレガントですてきに見える。

「コートは袖丈が命」と、友人は釘《くぎ》を刺した。またひとつ、冬のおしゃれを学ぶことができた。

まず自分を変えること

最近、会社にどんな服を着ていったらいいか悩んでいるんです、と相談された。それはきっと会社の中で、あなたが責任を与えられるような立場に変わりつつあり、今までと他人からの見られ方が変わってきているのを感じているからではないですか？と答えた。

今まで自分らしいおしゃれで通していたけれど、ちょっと見た目の印象を変えて、仕事に対する自分の心持ちのギアを一段上げようと前向きに思ってのことだろう。それは至極自然なことで、将来を考えると、あなたにとってとても良いことだと答えた。

要するにイメチェンである。ではどんなふうにイメチェンすると良いのか。こうアドバイスした。

おしゃれを捨てずに、清潔感とつつましさを、服装と身だしなみに意識して取り入れるといい。第一印象を、「かわいい」から、「誠実でしっかりしている」という見られ方にイメチェンする。

男の髪型で説明するとわかりやすいかもしれない。ツーブロックのショートから、七三に変えてみる。そんなイメチェンをしたら恥ずかしいし、笑われるかもしれないと照れるだろう。しかし半年もすれば、自分もまわりも馴染《なじ》むものである。心配よりも、そうすることで得るもののほうが実は大きい。

自分の見た目の印象を、まずは髪型と服装で、「おしゃれプラス誠実さ」（実はこれが無敵）に変えてみる。すると、まわりがさらに自分にとってプラスに動いていくだろう。

何かを変えたければ、まずは先に自分を変えること。賢者の言葉だ。

部屋をリフレッシュ

新しい年を迎えると、部屋のインテリアを新調したくなるのは、僕だけだろうか。なぜか、リフレッシュしたい気分が湧いてくる。

けれども、インテリアを新調するって結構大変だ。椅子やテーブル、キャビネットなどを新しくするのは大掛かりだし、今まで使っていたものをどうするかという問題もある。そこでだ。いつも僕は、こんなふうにして、自宅のインテリアをリフレッシュさせている。丸一日かけての作業になる。


まずは、一番長く時間を過ごしているリビングをリフレッシュ。最初にすることは、家具を動かしての、徹底的な掃除。家具で隠れているところは、ほこりが溜《た》まっていたりするし、壁から床、照明、窓ガラスなど、ピカピカに磨き上げる。そうしながら、家具の新しい配置をいろいろと試してみる。あ、これもいいなあ、こうしてみよう、と、やればやる程楽しくなってくる。

コツは一番大きなもの、たとえば、テーブルの位置を変えてみて、それを中心にして、他の家具の場所を決めていくこと。これだけで、おお、と思うくらいに、いつもの風景が変わって、気分が新しくなる。

そして、リビングならリビングで、そこに置かれているもののなかで絶対に必要と思うものをリストアップしてみる。リストから外れたものが、意外と出てくる出てくる。それらは思い切って片付けてしまう。

必要なものだけにして、家具の配置を新しく変えてみる。これだけで相当のリフレッシュになる。配置を変えずに、徹底的な掃除をするだけでも、かなりすっきりして、見た目は変わる。

模様替えは、一年に一度の、楽しみのひとつだ。

見えないところの身だしなみ

日本の木造モダニズムを代表する建築家、故・吉村順三の建てた別荘を訪れた。知人の手によって、およそ二年かけて手入れされたその住宅は、建築にそれほど詳しくない僕でも、人が暮らす空間としての居心地の良い工夫を、随所に見つけることができた。

たとえば、どんな家に暮らしたい？　と聞かれたら、どうだろう。

「窓が大きくて、日当たりが良く、キッチンのついた外国のホテルみたいな感じ。とはいえ、モダン過ぎず、北欧風とでもいうのかな。天井は高いほうがいい」

こんなふうに答える人は多いのではないでしょうか。このたび訪れた住宅は、そういった言葉の一つひとつに、建築家自身の言葉で、ていねいに応じている佇《たたず》まいがあった。

なによりすてきだと思ったのは、いわゆる建築におけるデザインのありかたではなく、よく見なければわからないような、ほんの些細なところの仕上げであったり、暮らす人のことを思いやった愛情の表れというか、見えないところにこだわった美しさだった。

たとえば、引き戸や雨戸が収納されるところの蓋《ふた》の精巧さであったり、障子の木枠の角がわずかに丸くなっていたり、壁と床、もしくは壁と天井の接合部に隙間を設けていたり、ドアノブの指が触る裏側のなめらかさであったり。人がそこで長く暮らさないと気がつかないような見えないところの、ある種の身だしなみのようなものが生み出す、はっとするすてきさに心が揺れ動いた。

僕はこんなふうに思った。優れた住宅とはとても人っぽいな。そういった住宅に暮らすということは、一人の人間と付き合うようなことであり、それならば、身だしなみのすてきな住宅に暮らしたい。そしてまた、そんなすてきな人のように自分がなれたらいいなと。

深く心に残ったのは「見えないところの身だしなみ」という気づきだった。それも自分のためではなく、人を思いやったものだ。もちろん、装いや手入れ、立ち居振る舞いなど、目に見える身だしなみも大切だ。しかし、それと同じように大切であろう「見えないところの身だしなみ」は、人としての作法の根源であるように思った。表すならば、人を愛する心持ち。このひとことではないかと思った。

では、人を愛するとは、どういうことか。それは好きとか嫌いという感情を超えたところにある、その人を、その人らしく生かすために尽くすことではないだろうか。きっとそうだろうと思う。

人を愛することとは、目には見えないものとして伝わる、生きる上でもっともすてきなこと、美しいことだ。そして、人を愛するそんな自分を、人一倍すてきにしてくれることなのだ。

一軒の住宅との出合いによって僕は、今日の暮らし、今日の仕事、今日のすべてにおいて、「見えないところの身だしなみ」を整えたいと思った。

勝負からだを持つ

勝負服とは、自分が持っている一番上等な服のことかと思うと違うような気がする。勝負服というのだから、勝ちたい時に着る服のことだろうか？

仕事の勝負服。人の集まるところに行く時に着ていく勝負服。デートに着ていく勝負服。みなさんにとっての勝負服とはなんでしょう？　大事な時に着る服には違いないだろうが。

ちょっと思うのは、どんなに上等でどんなにおしゃれな服を勝負服として着ても、自分のからだが不摂生のためにだらしなく太っていたりしたら、勝負服も生かされないと思うのです。厳しい言い方だけど。というのは、すてきな服というのは、すてきなからだでなければ、すてきに感じられないからです。

勝負に勝ちたいと思うのであれば、まずはからだを鍛えるとか、やせることが先決ではなかろうか。そうして、胸を張って姿勢良くしていれば、特に上等な服でなくても、見た目で勝負できるのではなかろうかと思うし、それでおしゃれしたら、それこそ鬼に金棒に違いない。

僕の知るお金持ちが、「お金で買えないものがある。それはくっきりと割れた腹筋。これだけはどんなにお金を払っても手に入らないから、自分で努力して手に入れたい」と言う。彼の場合は勝負服ではなく勝負腹筋なのだ。

僕は勝負服よりも、勝負からだを持つほうが先だと思う。その努力が大事。

見た目の勝負というのは、いざという時、裸になって立ち姿で勝てるかというのがほんとうのような気がする。

無駄使いという貯金

貯金をしていますかと聞かれた。自分の年収額だけを貯《た》めて、それ以上はしていませんと答えた。その貯金は、病気や事故など、何かあった時に、一年間は、生活に困らないようにと思ってのことだ。

僕は元気が続く限り、仕事をしようと思っている。そんな自分が老後の生活に不安を抱いて、貯金をするようになったら、一気に老け込みそうで恐い。やせ我慢かもしれないけれど、それよりも入ってくるお金は、経験や体験に投資して、自分の成長を楽しむ人生を送りたい。

つい先日、貯金が趣味です、という方に会った。毎月の貯金額を決めて、生活を切り詰め、コツコツと貯金をし、お金が貯まっていくのが楽しいと言った。旅行や買い物はしないのかと聞くと、必要なもの以外は買わず、旅行も滅多に行かないという。一円でも多く貯金したいらしい。無駄使いは極力しないとも言った。

無駄使いかあ。ドキッとした。僕なんて、今までいくら無駄使いをしたのか、怖くて計算できない。でも、無駄使いは、しようと思ってしているのではないから、言ってみれば、まあ、チャレンジに対する失敗ということかな。

でもその失敗があるからこそ、何かの成功率を上げているんです、と負け惜しみのように言ってみた。

それが正しいということではないが、お金を何に使おうかと考えることは、結構な学びで、楽しいんだけどなあ。それは、学校で教えてくれない大切なことなんだけどなあ。

うーむ。無駄使いという、失敗の貯金もあるんです。通帳はないけれど。

しあわせのおすそわけ

「おもてなし」が、日本人の心を象徴する言葉として一時期注目された。とはいうものの、「おもてなし」とは何かと聞かれて、答えられる人は、どのくらいいるのだろう。結構むつかしいなあ。

他人への親切。やさしさ。思いやり。ていねいさ。まあ、そういう心持ちをまとめたものであろう。しかし、それはあまりに抽象的だ。自分を顧みると、はてさて日本人としての「おもてなし」は、しっかり身についているのかと問うと自信がない。

「おもてなし」とは、いわばサービスという名の他人に対しての行為や心持ちであると思われているけれど、僕は違うと思っている。「おもてなし」とは、日々の生き方ではなかろうか。それは外に向いた意識ではなく、自分自身の内側に向けた意識であり、その結果として自然と他人に施されるものが「おもてなし」だ。

「おもてなし」の目的が、他人をしあわせにすることであるならば、まず自分自身が、しあわせであることが大切と考えたい。しあわせとは、誰かが決めるものではなく、自分自身の感じ方、考え方である。そこには基準や比較がある訳ではない。そしてしあわせは、結果でもなく、目に見えるものでもない。「おもてなし」とは、自分自身による、しあわせに対する積極的な生き方の表れそのものである。

しあわせを独り占めせず、喜んで分かち合う。そこに日本人の「おもてなし」の本質があると僕は考えている。

見ることは気づくこと

何をしているのが好き？ と聞かれると、見るのが好きと答える。

僕は景色でも人でも出来事でも、何でも見るのが好きです。きれいなものは一日中でも見ていたい。それは好奇心やあこがれのまなざしであり、見えるものから拡《ひろ》がる想像の楽しみでもある。

随筆家の白洲正子は『心に残る人々』（講談社文芸文庫）で「が、本当に見るとは、かくれたものを引出すことであろう」と書いている。その言葉を読んだ時、僕は、やっぱりそうだ、その通り、うんうん、と膝を打った。

見るというのは、見えているものを、単に目に写してわかったつもりになるのではなく、ぱっと見では見えない、かくれているきらきらした輝きを、いかによく見て発見するかである。すてきなことや美しいこととはそうやって見つけるものだと思っている。そしてまた、この世にたくさんある、目をそむけたくなるようなものや、美しくないものにも、必ずどこかに、きらきらした輝きはある。僕はそう信じていて、先入観にとらわれず、決して目を閉じないように気をつけている。

きらきらした輝きが見えるか見えないかは自分次第である。

もちろん何も見えない時もある。けれども、見えないからと言ってそこには何もないと決めずに、自分の目をもっと磨いて、いつかよく見えるようになりたいと思う。

たとえば、「ものに寄せる心」というきらきらした輝きがある。人がものを大切にする気持ちであったり、ものをていねいに扱う仕草であったり、身につける嬉しさや喜びであったり、ものの良さを生かした工夫であったりと様々で、ものをものとするだけではなく、あたかも友だちのようにふれ合うようなことともいえるだろう。

よく、身の回りのものに「〜ちゃん」とか「〜さん」と付けて親しむ人を、子どもっぽいとか言うことがあるけれども、僕は日本人の良いところのひとつだと思っている。心を込めて作る。心を込めて使う。心を込めて味わい、深く親しみ、心から感謝するという心持ちは、いつまでも失いたくはない。

ものにかくされているものとは、まさに人の心であり、いのちの光であり、いわばそれは、僕たちがセンスと言っている、どきどきする心の感動だろう。

ある日、僕はとてもおしゃれでセンスの良い方にこう言われた。

「自分で言うのも変だけど、私は若い頃、おしゃれが苦手でセンスがなかったの。けれども、すてきな人を見るのが大好きで、人が気づかないすてきを見つけるのは得意だったわ。そんなふうに自分で見つけたすてきを、自分でも真似したり試すようになったら、いつしか人から、あなたおしゃれねと言われるようになったの」と。

センスを感じることができれば、そのセンスはいつしか自分の中で育ち、発達して身につくようになる。

よく見るということは、誰にでもできる学びであるとつくづく思う。僕は、見るとは、「気づく」ということだと、最近ようやくわかった。

素敵なお返し

大のプレゼント好きである。

先日、長年あこがれの方が、伊丹十三ファンだと知り、『ヨーロッパ退屈日記』の初版本をプレゼントした。僕は伊丹十三が好きだから初版本を二冊持っていた。

二冊持っていたにはワケがある。こんなエピソードがあるからだ。

初版本に限って、著者名が「伊丹一三」であるというのは知る人ぞ知ること。もともと「一三」という名でデビューしたけれど、良くないことが重なって起きるので「マイナス」を「プラス」にしようと思い立ち、「一三」を「十三」に変えたという、伊丹十三ファンにとっては、ユーモア溢《あふ》れたたまらないエピソードである。よって初版本は希少である。

あこがれの方は大喜びしてくれた。お礼の手紙は一筆箋に「必ずお礼をします。宣戦布告です」とだけあった。プレゼントをして、こんな返事をもらったのは初めてだった。僕は震え上がった。しかも、その一筆箋は名前が入った特注品で、マス目といい、紙の風合い、印刷の色といい、なんてすてきな一筆箋なんだろうと思い、センスの良さに心底まいった。

少し経ってから、あこがれの方からダンボール箱が届いた。中には長い手紙があり、お礼の品に迷いに迷い、結局、自分が一番気に入っているものを差し上げたい。それは浅草『満寿屋』特注の一筆箋と封筒である、と書いてあった。

箱の中身は、あこがれの方が使う一筆箋と同じ一筆箋に、僕の名前が入れられたものがずっしりと詰め込まれていた。

僕はこの戦いに一発で負けてしまった。

幸運を分かち合う

「三杯の茶」という大好きなエピソードがある。

豊臣秀吉が鷹狩《たかが》りの帰りに、近江《おうみ》伊吹山の観音寺に立ち寄った。雑用を営む寺小姓《てらこしょう》に、お茶を所望《しょもう》したところ、寺小姓は、最初に、大きめの茶碗《ちゃわん》にぬるめのお茶を淹れて出した。次に、一杯目よりも小ぶりの茶碗にやや熱めのお茶を淹れて出した。そして最後に、小さな茶碗に熱いお茶を淹れて出した。

喉が渇いているだろうから、最初にぬるめのお茶をたっぷりと出し、その後に、ゆっくりと休んでもらおうと、やや熱めのお茶を出し、最後にお茶の味を存分に楽しんでもらおうと、熱いお茶を出した、寺小姓のきめ細かな気配りと、深い心遣いにいたく感激した秀吉は、寺小姓を家来として迎え入れた。その寺小姓こそ、その後の、豊臣政権の五奉行の一人、関ヶ原の戦いで名の知れた石田三成である。

このエピソードは、人はいつも自分を助けてくれる、気転のきく、優秀な人を探しているとも教えてくれている。偉い人であればあるほど、きっとそうだ。

常々思うのは、幸運とは、いつも誰かが運んできてくれるもので、自分一人で手にできるものではないということだ。幸運とは、拾うものではなく、必ず誰かが自分に手渡してくれるもの。そしてまた、自分も幸運を人に手渡す立場であることを忘れてはいけない。幸運とはそんなふうに互いに分かち合うものである。

だから、もし求めているものがあるのなら、まずは先に自分から人に与えること。それはたった一杯のお茶からであってもよいのだから。

食べる人のことを思う

料理の楽しさを伝える仕事に就いてから、料理とはなんだろうとずっと考えている。料理。そう心の中でつぶやいて、目に浮かんだのは、一皿のごちそうではなく、腰にエプロンを巻いて、忙しく働く母の姿だった。

こんなことを考えてみた。料理とは一体どこからはじまるのだろうかと。母の姿を思い浮かべていたら、料理とは台所に立っている時だけではなく、もっと広い範囲にわたることだろうと思ったからだ。

何を食べようか。もしくは何を食べたいのか。料理は、このあたりからはじまるのではなかろうか。自分や家族の体調を考え、野菜がいいか、肉がいいか、魚がいいか。今日の気分は何を食べたいのか。それをどんな料理で、どんな献立に仕立てようかとよく考える。まずは「考える」ということから料理ははじまる。

料理と献立が決まれば、買い物に出かける。町を歩き、店へ行き、食材を「買う」。店には季節を感じる食材が並び、買い物をする人がたくさんいるだろう。いろいろな雰囲気を感じるだろう。そういう目に入るもの、交わすもので、今日という社会との

「コミュニケーション」が生まれる。

買い物が済めば、食べる時間から逆算し、何時頃から料理をすればよいかと見当をつける。道具や材料を揃え、必要なら下ごしらえをしておく。

買った食材を冷蔵庫に収めながら、整理しつつ、何があって、何が足りないのかを、明日のために頭に入れておく。今日作る料理のレシピも確認しておく。いわば「段取り」だ。

料理を「作る」。作るとは、料理の中心にあることだ。「工夫」と「学び」をしながら、頭と心の両方をよく働かせて、自分も含め、食べる人のことを思って作る。

そして「食べる」。あらゆることに感謝し、存分に楽しみ、おいしさをしかと噛みしめ、しあわせをたっぷりと味わいたい。

食べ終わっても「料理」はまだ終わらない。使った食器や道具を洗い、収納し、生ごみを処分し、元の状態に戻すという「片付け」がある。料理はここで終わる。

こんなふうに書いてみたら、いろいろと発見があった。

料理とは「考える」からはじまり、「買う」「コミュニケーション」「段取り」を経て、「作る」「工夫」「学び」があり、「食べる」「片付け」で終わる。

なるほどなあ。料理という軸には、暮らしの様々な働きがつながっている。

料理を学ぶということは、暮らしを学ぶことでもあろう。さらに言えば、料理を楽しむということは、暮らしを楽しむということでもある。

ならば料理上手は、暮らし上手であろう。暮らしを豊かにしたいなら、まずは料理をはじめてみればいい。

やっぱり料理は大切。料理なしで暮らしは成立しないんだ。

「心入れ」をひとさじ

食いしん坊のたわごとをお許しください。

料理の楽しみは材料との対話であると、最近つくづく思う。

たまねぎなら、たまねぎの味と香りと食感を、料理という手間をかけて、できるだけ引き立てて食べたい。料理とは、味を作ることではなく、材料の良いところを助ける行為とでもいうのかな。材料が備え持っている味や香りや食感が、どんなものかをよく見極めて、その良さをこわさず、もっと良いものにするにはどうするか、という工夫ではないかと思う。

工夫とは何か。それは作る人の心入れであろう。知識や技術も大切だが、まずはこの材料を、できるだけおいしく食べるにはどうしたらよいか。そのために、頭ではなく、心をどのくらい使うかが大切な気がする。

おいしく食べるという気持ちの表れとして、たとえば、どのくらいの温度で食べるのか、どのくらいの量がよいのか、テーブルの設《しつら》えはどうしたらよいのか、どんなお皿で、盛り付けはどうしたらよいのか。それらに工夫という心入れがしっかりとされていれば、それが一皿の目玉焼きであっても、口だけではなく、きっと心もおいしいと言うだろう。

告白すると、僕は料理が苦手で、味付けも下手です。けれども、もし誰かや自分のために料理をするとしたら、苦手や下手なところを心入れで補いたい。

料理に必要なのは、知識や技術よりも、やはり心入れなのだろう。人は常に心と心の対話にしあわせを見つけるからだ。

心入れの大切さは、料理だけでなく、普段の仕事にも言えることだろう。それは人を愛するということかもしれない。

Chapter 5

心を整理整頓する

ただ、ひとことで

こんな嬉しいことがあった。

よく行くコーヒーショップで、いつものようにコーヒーを買って帰った。コーヒーを飲もうと思い、ふと紙カップに目をやると、何やらいろいろとマジックで書いてあった。それは、オーダーを受けた店員が、オーダーを言葉にするのと同時に紙カップに書き留め、コーヒーを淹れる係に渡し、間違いないようにコーヒーを作るオーダー表でもあった。

何やらいろいろ、と書いたのは、それは客にはわからない記号のようなものだからだ。しかしよく見たら、何やらいろいろの横にニコニコマークが描いてあり、そして「Thanks!!」という言葉も書いてあったから驚いた。ニコニコマークはスタッフ同士のコミュニケーションサインかもしれないが、小さく書かれた「Thanks!!」は僕あてに書いてくれた気がした。いや、そうに違いない。

とても嬉しかった。もしかしたら今まで何度も紙カップに、「Thanks!!」を書いてくれていたかもしれない。それに気づかなかった自分が恥ずかしくなった。

よく見なければわからないところに一手間かけて、感謝の言葉を書いてくれるなんて……と、考える程に、じんわりと感動が染みてきた。

それは仕事とはいえ、自分が他人にしてもらったら嬉しいことはなんだろうと、いつも考えている、その店員の気持ちの表れだと思った。なんて素晴らしいことだろう。僕はほんとうに嬉しかった。

たったひとことの言葉で、僕はあたたかい気持ちになった。そして大切なことは何かを教えてもらった。いつもありがとう。

成長の法則

誰にでも苦手なことがひとつやふたつはある。僕の苦手は音楽である。音楽の成績はいつも最低だった。

三十歳になった時、一番苦手なことにチャレンジしてみようと思ったのは、年齢とともに賢くなり、いろいろなことに要領良くなっていく、自分への小さな反発だった。自分という器が小さくまとまっていくような不安もあった。

手にしたのはアコースティックギターである。僕は五分でもいいから毎日練習を続けようと決心しかった。普通の人が習得する、基本の「き」を終えるのに三倍の時間がかかったた。目標はジェームス・テイラーの『君の友だち』で、ただでさえむつかしい曲である。それを初心者が挑むのだから誰もが目を丸くした。

ギターはほんとうにむつかしい。けれど、毎日続けているとできなかったことが、ある日突然、自分でも戸惑うほどに、できるようになる時がある。時たま練習するのは足し算にしかならないが、ちょっとでもいいから毎日続けていると成長は掛け算になるという言葉を僕は信じ続けた。

僕はある法則を発見した。かけた時間と成長は正比例しない。成長とは二次関数で、最初はゆるやかだが、あるポイントを超えると勢いが増してグンと伸びる。すなわち単調な直線グラフではなく曲線グラフなのだ。

だから、続けていることの結果がなかなか見えなくても大丈夫。きっと伸びるポイントがもうすぐやってくる。仕事も暮らしも、人と人との関係にも、この法則は当てはまる。そう、やめたらだめなんだ。続けること。

今僕は『君の友だち』が誰よりも上手くなっている。

やめずに休憩を

「継続は力なり」というけれど、継続するにはコツがある。そのコツのひとつがリセットだ。リセットなくして、継続なしと言ってもいいだろう。言うなれば、リセット上手であれば、コツコツとマイペースで何事も続けられるということだ。

さて、ではリセットとは何かを考えよう。たとえば、何かをがんばって続けていくと、必ずどこかで行き詰まる。行き詰まるのは自然なことだから気にすることはないが、それまで順調だったことが行き詰まることで、そうでなくなるからやめたくなってしまう。もはやこれまでかと。もういい、さあ、次と。しかしその時こそリセットの出番なのです。

まずは一息つくこと。そして、それまで使い込んだ気持ちとか考え方、思い、習慣など、自分がこだわっていたいろいろを、元にあった場所に戻すような感じで、これはここ、あれはここ、それはここというように片付けてみる。片付けをしながら、なんだこれ？　というようなもので、なくてもよさそうなものはポイと捨ててしまえばいい。

そうすると、行き詰まった時に散らかりまくっていた心の中が、だんだんと整ってくる。そうです。行き詰まるということは、心というひとつの部屋の中がいろいろなもので散らかってしまうことなのです。そしてリセットとは、自分の心と向き合い、ちょっと整理整頓して片付けることなのです。いらないものは捨てて、いつかまた使う大事なものは、次にまた使う時に困らないように、あった場所に戻しておくというように。

その片付けだけど、実際どうすればよいかと思うだろう。一番のおすすめは、ゆっくりじっくり何かをするのがよいのです。

たとえば、ジャムを煮てみるとか。パンを焼いてみるとか。庭いじりをしてみるとか。絵を描いてみるとか。長い距離を歩くのもいい。こんなふうにいろいろなことを忘れて、二時間くらい無心になれることをすると、自然と心の中の片付けがされるものです。ゆっくり息を吸って、ゆっくり息を吐くことを思い出しながら。

片付いたら、何かをすぐにはじめるのではなく、まずはリラックスして休憩することです。この休憩というのが大事かな。やめるのではなく休憩。まわりがどんなに自分を追い抜いていこうと気にせず休憩。あせらずあわてない。

休憩してぼんやりしていると、心の中に自然と浮かんでくることがある。思うもの、欲しいもの、したいこと、見たいこと、聞きたいこと、知りたいことなど。それこそが行き詰まった先へ行くための、新しい地図であり、手がかりです。あとはそれを心に置いて、「さてと、またはじめよう」とリスタートすればいい。

リセットとリスタートというのは、仕事や趣味でも大切なことだけど、恋愛関係や人付き合いでも同じこと。

さ、ちょっと片付けでもしましょうかね。「やめずに休憩」という考え方です。

真似るは学ぶこと

ふと何かやってみたいとか思うけれど、いざとなったら何をどうしたらよいかわからないという人は多いと思う。いつかの僕もそうでした。

どうしようかな、と思った時は、まず何かを真似ることからはじめるといい。たとえば、小説を書いてみたいと思ったら、好きな作家の文章を真似て書いてみる。自分が特殊な才能を持っているならともかく、そうでない人が上手な文章を書いてみたいと思うなら、あれこれ悩まずに真似ることからはじめるのが一番いいと僕は思っている。

そこで大事なのは、誰の何を真似るかということだ。実を言うと、真似をしたい対象（自分がすてきだと思う）を見つけることは意外にむつかしくて、それができるのも才能のひとつである。真似たいものを見つけることができたら、遠慮なく思い切り真似てみる。これは文章だけに言えることではなく、仕事や暮らしにおける、どんなことにも通じることだ。すてきと思うことがあったら、なんでも真似してみよう、すべてのことは模倣からはじまる、というのが僕の考えである。

「真似る」の語源は「学ぶ」とも言われている。

とことん真似をしていくと、どうしても真似ができないところに、必ず突き当たる。その時、自分がほんとうに真剣であれば、パチンと自分自身の創造する力にスイッチが入ることに気がつくだろう。自分らしさや個性、いわば独自の工夫が表れる瞬間である。あとは存分に楽しめばいい。とにかく、真似ることを臆せずにはじめてみよう。注意したいのは、真似だけに満足して終わらせないこと。

大事なのは、そこから先なのです。

先生を見つける

四十九歳だもの。少しくらい自分の人生を振り返っても許してもらえるだろう。一体自分はどんなことに、一所懸命だったかということを、ぼんやりと考えてみた。

ふと思うのは、幼い頃から、僕が好きになる人は、自分よりも何かが数倍も優れている人ばかりだった。足が速いとか、やたら大人っぽいことを知っているとか、もちろん賢いとか、そういう、自分がかなわないと思うところがある人のことをとことん好きになった。仲良くなりたかった。

しかしそれは、決して世間一般的な目で見た価値観ではなく、あくまで僕の目で見た価値観で、たとえば、世界中の車種を知っているとか、自転車で急な坂道をノーブレーキで下りる勇気があるとか、繁華街の裏道を知っているとか、かなり変わったものも含まれる。

要するに、その人しか知らないとか、できないということに、「ああ、自分にはかなわない」と思って、惚れてしまうのだ。

そういう自分だから、どこにいても、いつも自分よりも優れている人を探していて、見つけると、すぐに興味を持って、好きになって、その人の側《そば》から離れない。だって、何かの才能がある人って、楽しいし、おもしろいし、学べるし、いつも、すごいと、感動できるって、素晴らしいからだ。ほんとうに。

一見普通に見えても、どんな人でも、自分よりも優れている、おもしろい才能が必ずある、というのが、少し大人になってから気づいたことで、人に会うと、この人のすごいところ、才能はなんだろうと観察するようになった。

だから自分が、何に一所懸命で、何が得意だったかというと、その人のいいところや、すごいところ、自分よりも優れている才能を見つけることだった。もし自分が誰にも負けない才能があるのであれば、きっとこのことだろうと思う。

「私には人より優れているところなんて何もありませんよ」と言う人であっても、少し一緒にいれば、すぐに「ここですよ」と見つけることができる自信が、今でも僕にはある。

そんなことを思い返して、つくづく思うのは、すごいとか、素晴らしいとか、すてきとか、かなわないとか、そういう感動を、年齢を重ねてもできるのか。そして、そういう感動できることを、年齢を重ねても、見つけることができるのか。そういう好奇心を保てるのかどうかだ。それはいわば、いくつになっても、人間が好きでいられるのかどうかであろう。

自分以外の人は皆、自分に何かを教えてくれる先生である。

その人が、自分にとっての何の先生かは、自分が見つけなくてはならない。先生を見つけるのも、自分でしかないんだ。

余白を作る

今から書くことは、あくまでも僕の考えであって、あなたにはきっと違う考えや方法があると思う。けれども、ああ、なるほど、それもひとつの方法かもしれないと思ってもらえたら嬉しい。

今、僕は他人が思っているほど本は読まないし、テレビはほとんど観ないし、インターネットを利用することもあまりない。そしてまた、人に会うこともできるだけ控えている。

どういうことかというと、自分に入ってくる情報や刺激を抑えているというのかな。そして仕事についても、暮らしについても、がんばり過ぎないというか、全力を尽くさない、というと誤解を生むけれど、八割くらいのちからしか出さないようにしている。

なぜかというと、僕は、自分にいつも余白もしくは空いたスペースを残しておきたいからなんだ。学びって何だろうと考えると、いつでもすてきなことを敏感にキャッチできるコンディションと、心の素直さ、そして、そのための身体と心のすこやかさを保つことからはじまると思っている。だから、早寝早起き、規則正しい食事、それによって得られる、いろいろなことに、ぱっと反応できる元気さが必要なんだ。

一日の中にはたくさんのチャンスが飛び交っている。そんなチャンスの中からこれだと思うチャンスに飛びつく瞬発力もあってほしい。直感の鋭さも。何かから逃げる時の俊敏さも残しておきたい。イザという時に全力を出すためにも。

なぜかというと、一日のすべてをできるだけ楽しみたいからなんだ。楽しむというのは、誰にでもできる毎日の努力。何よりも大切なあなたを守るためなんだ。

ちょうどいい時間

なんでも早くすることが嬉しい時代なんだなあ、とこの頃よく思う。

調べものはインターネットで検索できて、連絡手段はメールが主になり、料理は時短レシピが人気。そしてまた、飛行機や電車の速度はさらに増している。それはすべて僕らが忙しいから生まれたニーズによるものだ。

けれど、これから先、「早いことが嬉しい」を、当たり前にするのは、ほんとうに良いことなのか、と思ったりもしている。あなたはどう思いますか?

一つひとつの仕事や用事が早くできるということは、嬉しい反面、それだけ一日にこなす仕事や用事の数も増えていく（ほんとだったら、それだけ休みを増やしたい）。よって、さらに僕らは忙しくなり疲れていくだろう。

本来、どんなことにも、それなりに要する「ちょうどいい時間」があり、「ちょうどいい時間」から生まれる、喜びや楽しさ、美しさ、クオリティというものを、忙しさを理由に手離してしまってはいけないと僕は思うんだ。絶対に。

最新技術によっていくら可能だとしても、時間を早めるということに手をつけるのはそろそろ止めて、あらゆることの「ちょうどいい時間」とは、どのくらいなのか。
そしてそれを取り戻すことを新たに考えることこそが、これからの未来に必要なこと
ではなかろうか。前に進むだけが成長ではなく、時には、あと戻りすることも成長の
ひとつです。
「ちょうどいい時間」とは「楽しい時間」。
嬉しいよりも楽しいほうが豊かであると、僕は考え直したい。

離れる勇気

僕はアコースティックギターが大好きで、ある時期、寝てもさめてもギターを練習していた。

僕はそもそも音楽が得意じゃない。楽器の習得というのはむつかしくて、まさに練習あるのみで、ひとつできるようになってもすぐに壁に突き当たる。あきらめずに続ければ、いつの間にか、その壁は乗り越えるけれど、また新しい壁に突き当たるを繰り返す。しかも、壁はどんどん高くなる。

ある日、僕は新しい壁を乗り越えるのがつらくなってしまった。もうこれ以上、上手になれない。ここまでで限界だとあきらめた。そう思うと次第に、あんなに大好きだったギターを触らなくなった。そうして丸一年、僕はギターを弾かなかった。

ふとしたことで一年ぶりにギターを弾いてみた。一番得意な曲を弾いてみると、覚えていたはずのコードや弾き方をすっかり忘れてしまっていた。あまりのショックの大きさに驚いた。僕は考えた。はて、もう一度やり直そうか。それともやめてしまおうかと。

もう一度やり直そうと思ったのは、しばらく離れていたことで、改めて実感したギターの音色の気持ち良さだった。僕は一年ぶりにギターの練習に励んだ。おもしろいことに、忘れてしまったと思い込んでいたコードや弾き方は一ヵ月もすると、ほぼ元に戻った。驚いたのは、あんなにつらいと思っていた練習が楽しく感じたことだ。もっと驚いたのは、最後の高い壁が、一年ぶりの練習で、いとも簡単に乗り越えられたことだ。

大好きなものやことで行き詰まったら、一度離れてみるのも方法だと実感した。勉強、仕事、人間関係、すべて同じかもしれない。

時には離れる勇気も妙薬になるかもしれない。なるほどなあ。

12の質問

先日、大勢の若い人の前で「仕事とは何か」というテーマでこんな話をした。

僕には日々の仕事で必ず自問している「12の質問」がある。その前に、知ってもらいたいことがある。心理学者のエーリッヒ・フロムの『悪について』（鈴木重吉訳 紀伊國屋書店）という本に書かれている「人間は独りぼっちで孤独で物におびえる世界の中の一人の異邦人」というような一節だ。

これを読んで、そんな人間の姿を想像して欲しい。人間とは、決して強くなく、弱いということを認めることから仕事について考えよう。

「12の質問」を書く。

1 それは、今より少しでも良い解決方法、対応を示したものだろうか。
2 それは、困った、もっとこうしたいの答えになっているものだろうか。
3 それは、お金を払ってでも、知りたい、得なことだろうか。
4 それは、少しでもいやなことを忘れられることだろうか。

5 それは、とても簡単で、わかりやすく、今すぐに、できることだろうか。
6 それは、誰でもよく知っている、親しみのある、身近なものだろうか。
7 それは、人の孤独や寂しさを埋めることができることだろうか。
8 それは、不安や恐怖を拭い去ることができることだろうか。
9 それは、最も大切な人へ向けたものになっているだろうか。
10 それは、世代を超えて、分かち合えるものになっているだろうか。
11 それは、おもしろく、楽しく、新しいか。
12 それは、人を助けることができることだろうか。

仕事とは一体何か。それはこの「12の質問」を、日々、今自分がしている仕事に問いかけることだ。そうすればきっとわかる。

僕の「いいね」

春になると、仕事のことで悩んだり、迷ったりする人は多いと思う。思うままにならないことばかりだし、人間関係も大変だ。ほんとに。

自分はなんのために仕事をするのかと僕もたくさん考えてきた。生活のためというのは当たり前かもしれないけれど、それだけかというと違うようにも思うし、ちょっと寂しい気もする。では自分にとって他に何があるのか。よし、仕事をしようと奮い立たせるものはなんだろうと。

そこで向き合うのは、自分の「いいね」かな。言葉の通り、最も「いいね」があると思うもの。美しいと感じるもの、しあわせと思うもの、大切なもの、それにならいのちをかけたいと思うもの。人それぞれあると思う。いろいろと。

そんなことを胸に手をあててよく考えてみる。僕はよく寝る前に考える。毎度そのまま眠ってしまうけれど、毎日そうしている。気分や感覚は毎日変わるから、こう思ったり、ああ思ったりと、なかなか定まらない。でも、そのうち、なんとなくだけど見えてくる。

僕の「いいね」は、この社会が人に愛される人でいっぱいになることです。そうして、みんながしあわせになるといいなあと心から思う。そのために仕事をがんばるっていうのも、僕の「いいね」です。

人は人を愛することによって、ほんとうの意味で自分を愛することができる。どんな仕事であってもその先には必ず人がいる。その人が、人に愛される人になるために、自分に何ができるのか。そのための仕事は「いいね」だなあ。

無から有を生み出す

仕事の種ってなんだろう。種の中には何があるのだろう。そんなことをよく考えている。どんな仕事も、当然、大変であるけれど、それは無から有を生み出すことだから大変なのだ。でもね、僕らは、確かに、日々、無から有を生み出している。朝の挨拶ひとつにしたって、それがとても気持ちの良いものであれば、自分も相手も心が喜ぶだろう。そう、「喜び」という有が生まれている。

その有だけど、どんな有なら、仕事として価値が高いのかなと考えてみる。なかなかむつかしいけれど、なんとなく、こんなことではないかなとわかりかけた。

たとえば、「今より少しでも良い解決策とか方法」。うむ。

「〝困った〟〝もっとこうしたい〟という声に応えたもの」。なるほど。

「安心と安全」。それから、「嫌なことから現実逃避できるもの」。まだある、「知って得をするもの」。これらに「新しさ」が加わると、かなり価値の高い有だろうなあ。

さらに言うと、仕事であるからには、「それに人はお金を払うかどうか」という高いハードルもある。

様々なメディアや、自分自身の経験を通じて情報収集をし、その情報を自分なりに分類整理し、仕事や暮らしにおいて自己表現することを、今、「キュレーション」という新しい言葉で表している。その「キュレーション」だけど、僕は仕事における基本プロセスであろうと思っている。無から有を生み出すということが「キュレーション」そのものだからだ。

どうだろう。仕事のちょっとしたヒントになったかな。大変だけど楽しむことも仕事のコツである。

Chapter 6

「らしくない」にチャレンジする

魔法の使い道

どんな願いでも叶《かな》えられる魔法を、自由自在に使うことができるとしよう。さて、どんなことに使おうか。

僕は時折、こんなことを思ったり、考えたりしている。そして、これを人に言うと、当然、笑われる。おかしな人だと。

欲しいものは、なんでも手に入れられるし、どんな暮らしもできる。とにかく、魔法を使えば、なんでも自分の思うままにできると想像してみると、なかなか楽しいものだ。その魔法は、何回でも、どんなことに使ってもよいとのお墨付きだから。

さあ、みなさんなら、魔法を何に使いますか。自分のどんな願いを叶えますか。

あ、ひとつ言い忘れたことがある。

「あなたに魔法を与えるけれど、それは神様が、あなたを信じてのこと。しかも、あなたがどんなことに魔法を使い、どんな人生を送るのかを、神様は試しているのです」

魔法を与えられた時に、こんなことを言われたのだった。うーむ。

もう一度、聞きます。あなたは、何に魔法を使いますか。自分のどんな願いを叶えますか。

なんだか、夢物語のようなことを書いているけれど、僕はこの魔法の話を信じている。自分には、神様から魔法が与えられていると。そしていつも想像している。魔法を何に使おうかなと。

答えを言ってしまうが、あれこれ想像を存分に楽しんだ末に、「魔法は使わない。別にいいや」という結論に至る。

なぜかというと、たいていのことは、自分のちからで成し遂げることができると思っているからだ。うぬぼれなんかではなく、それは誰もがみんな一緒だと思う。やればできると。また、「唯心所現《ゆいしんしょげん》」という言葉があるように、心の中で思っていることは、すべて現象として現れる。だから、魔法なんて使わなくても、すぐには無理でも、努力してがんばれば、夢を必ず叶えることができると、心から思っている。

しかし。どうしても叶えたいことがあって、どれだけ努力しても叶えられず、しかも、このことに魔法を使ったら、自分を信じてくれている神様に、「いい魔法の使い道をよく見つけたね」とほめられるだろう、ということが見つかったら、僕は躊躇《ちゅうちょ》なく魔法を使おうと思っている。

こんな時、魔法が使えたらいいなあ。子どもの頃に誰もが一度は思うことだろう。しかし、パチンと指を鳴らして、簡単に願いを叶えてしまったら、それはとても楽なことかもしれないが、どんなにつまらないことだろうかということが、大人になるとよくわかる。夢を自分のちからで叶えるという、一番楽しくて、おいしいところを逃すことになるからだ。

魔法は使えるけれど、使わない。そういう生き方を僕はこれからもしていく。とはいうものの、神様に褒められるような使い道を見つける努力も続けていく。

失敗を恐れない

らしくない、と言われることがある。特に最近よくある。

たとえば、ファッションだとか、人とのコミュニケーションのとり方だとか、仕事のやり方だとか、夢中になっていることだとかについて、「らしくないですね」と言われたりする。

そんな時、あなただったらどう思いますか。「自分らしく」というのは、ひとつのすてきさであり、あこがれである。らしくないと言われると、残念がられているようで、悲しい気分になるかもしれない。

らしくないと言われた僕は「そうですよね」と相槌《あいづち》を打ちながら、心の中で喜んでいる。思わずにこにこしてしまう。だって、決して自分らしさを失っているわけでもなく、らしくないことを否定せず、好奇心を持って取り入れてみたり、影響を受けたり、素直に試してみたり、思い切ってチャレンジしてみたりしているからだ。そう、すべて意図的なこと。

成長なんて言うと、言葉がきれい過ぎるけれど、もうひとつ上にステップアップしたい。新しい色を自分に加えたい。もしや化学反応が起こるかもしれない。そんな期待と欲求があって、あえて、らしくないことをしてみるというのは、まあ、少なからず、凝り固まった頭と心のストレッチにはなるんだよなあ。他人の目を気にせず、いろいろな自分になってみるというのは楽しいし。

これからの時代は、知識や情報より、失敗を恐れずに得た経験の多さがものを言うのではないかと思っている。

年齢を重ねるほどに、らしくないことを見つけて、らしくないことを学び、どんどん経験しようと僕は思っている。

何より大切なのは失敗への勇気だ。

自分が敵、の視点

先日、ある人との会話の中で、はっとする言葉に出合った。
「もし自分をやっつけようと思ったら何をするか。成長したいなら、それを考えるといい」

衝撃的な言葉だった。今までこんな発想をしたことがなかった。

たとえば、自分が何かを売っている一軒の店だと考える。店は順調である。そこでもう一人の自分の気持ちでこう考えてみる。その隣に店を出すけれど、順調な店に対抗して、しかも、つぶしてやろうと思うなら何をするのか。何を売って、どんな勝負をするのか。

これは客観的に自分を見て、攻められたら困るような弱いところ、まだ未熟なところ、無防備なところを見つける、という考え方である。そして、それを見つけたら、自分なりにそこを強くする努力なり、学びなり、備えをする。すなわちそれが成長に役に立つ。

その人はこうも言った。「常に自分が、自分自身の最強の敵という視点を持つことが大事である」と。

なるほど。仕事においても、この意識は相当に役に立つと僕は思った。自分のことを一番知っているのは自分である。自分が他人に知られたくないことを知っているのも自分である。成長とは、常に自分が味方なり敵になり、強いところと弱いところを、知ることから始まる。

「今どこを鍛えたらよいか知ることですよ。みんなそれを知ろうとしないから、なかなか強くなれないんです」

この言葉は耳が痛かった。

やりたいことよりも、今やるべきことを知るということである。

やさしい顔のひと

通勤ラッシュの駅構内の通路を歩いている時、僕はふと、そこを歩いているたくさんの人の顔を見てみた。

疲れている顔の人。うんざりという顔をしている人。眠い顔の人。下を向いている人。みんないろいろな顔をしている。

ひとつ思ったのは、まわりの人に対してやさしい顔をしている人が誰一人いなかったことだ。やさしい顔というのは、ニコニコしているというよりも、機嫌良い顔というか、そこにいるすべての人に気配りし、無関心ではないという態度が表れている顔だ。

街中にガラスや鏡があるから、僕は時々、歩いている自分の顔を映してみる。どんな顔をして歩いているのだろうかと。

歩いている時の顔なんてどうでもいいなんて言わないでほしい。

外国に行った時など、すれ違う人同士が目で挨拶をしたり、声を掛け合ったり、さやかな笑顔で他人への敬意を表していて気持ちが良い。登山では、山道ですれ違う時に「こんにちは」と言葉を交わすけれど、どうして街中ではそうする気持ちが湧かないのだろう。

人が多すぎるから？　確かにそうだろう。しかしもう少し、まわりの人に対するやさしい態度や気持ちを表してもよいのではなかろうか。せめて機嫌良く。

僕らは生身の人間だ。生身の人間同士が相手を認め、気配りし、やさしくあるということは、決して特別なことではない。

成功している人は、みんな機嫌良く歩いている。

もしかして、これはヒント？

とことん落ち込んでみる

仕事にしても、暮らしにしても、また人間関係にしても、思うままにならないことだらけです。だからこそ、学びがあり、成長もあるとわかっている。

しかし、人間は弱いもの。いろいろとわかっているけれど、どこか一か所のほんの小さな積み木が外れてしまい、そのために心が折れるというか、いわゆるガクッと落ち込んでしまうことがある。自信を失ってしまい、何をしても上手くいかず、がんばればがんばるほど空回りしてしまう状態になる。ついこの前までの僕がそうだった。

そんな時にできることはひとつ。絶対大丈夫と、あきらめないことだ。

ぐったりしながらも、心の片隅に、なんとか突破口を開く、という気持ちを持ち続ける。

そうしていると、もうだめだ、という断崖絶壁まで追い詰められた時、ふわっと、何かが助けてくれるというか、もしくは自分自身の些細な気づきによって、一気に状況が好転することが起きる。さっきまでの落ち込みはなんだったかというように、霧が晴れるとはこのことかと思うくらいに気持ちが切り替わる。

何が言いたいかというと、落ち込んだ時は、行けるところまで、とことん落ち込めばいい。そこに次のステップへの扉の発見があるのだから。

我慢した中途半端な落ち込みよりも、どこかをつかんでいる手をぱっと離して、とことん落ち込んでみる。あきらめない気持ちさえ持っていれば、まあ、大丈夫ということだ。これはいろいろなことにあてはまる。

この繰り返しで、僕らは生きていくのだろうと思っている。

来年の自分へ

　暮れが近づくと、なんとなくだが、心の中で、来年の自分をイメージする。同時に、今年一年の自分はどうだったかなと振り返ってみる。嬉しかったこと、悲しかったこと、大小のトラブル、そんなことをあれこれと頭に思い浮かべながら、自分は今年どんなふうに成長したのかなと考える。もちろん、褒められることと褒められないことが両方あっただろう。そういうことをこの暮れの時期に、ちょっと立ち止まって明らかにしておくと、これまたなんとなくだが、気分がすっきりして楽になる。そしてこう思う。さて、来年の自分はどうしようかと。

　僕は一枚の紙に、自分が大切にしたいこと、こうありたいと思うこと、学びたいこと、注意したいことなど、要するに、今年一年を振り返ってみて、気づいたことを、来年に向けた自分プランとして、箇条書きにしている。この習慣は、五年続けていて、すでに昨年書き記したものがあり、それに新たな気づきを足したり、または削ったりして、来年用として更新する。

　ポイントは、できれば十二月はじめには作っておくこと。年末になると年内に片付けなくてはいけないことに追われてしまい、今年を振り返ったり、来年をイメージしたりする心の余裕がなくなるからだ。十二月はじめに、いわば来年の自分プランが明らかになっていると、心がとても安心する。

学生の頃、便箋に手紙を書いて、封筒を使わず、折り紙を折るようにして小さく畳んだ記憶は誰しもあるだろう。来年の自分プランを書いた紙は、その時の折り方を思い出して小さく畳み、手帳にお守りとしてはさんでおく。そうそう、これは自分のために、自分で作る一年分のお守りである。お守りを買うのではなく、自分で作るというのはなかなか嬉しい。

ちなみに僕はこんなことを箇条書きしている。参考までに少し書いてみよう。

・急がない、求めない、怒らない・よく休みよく遊ぶ・早寝早起き・はっきり伝える・文句は後回し・約束を守る・いつも感謝・欲張らない・言葉を慎む・いつも笑顔・先に与える・もっと素直に・今日もていねいに・知らんぷりしない・楽しむ工夫・もっと親切に、などなど。

当たり前のことが多くて、他人に見られると恥ずかしいことばかりである。しかし、成長とは、当たり前のことの精度を高めることであり、当たり前のことができた上での、新しい学びや、新しいチャレンジなのだろう。

たとえば、くじけてしまうことが、一年の中には時折ある。そういう時に、このお守りを開いてみる。すると、どれかひとつができていなかったことに気づいたり、解決してくれるアドバイスが潜んでいたりする。

こんなふうに、お守りは、何かあった時に、しっかりと自分を助けてくれる存在として心強い。

自分を見つめる良い機会にもなるので、今の僕にとってはなくてはならない、暮れの習慣となっている。

好き嫌いをなくす

小学生の頃、とにかく好き嫌いが激しい子どもだった。遊びも、食べものも、人に至っても、好きよりも嫌いのほうが多かった。今思い返すと、好き嫌いのおかげで、どんなに両親に苦労をかけたかと反省するばかりだ。

そんな僕であるが、最近、好き嫌いがまったくと言っていいほどなくなった。

まずは食べものである。嫌いなものは絶対に食べなかったはずなのに、苦手だった食べものが今はほとんど食べられる。ちなみに、きのこ類は大嫌いだったが、今では大好きになった。

若い頃は、出会うものすべてにおいて、好きか嫌いかで分けて考えていた。好きとか嫌いということを自分の主張にして、個性を表していたのかもしれない。まあ、それは当然のことだろうけれど。

今、僕は四十代後半だけど、思い返すと三十代半ばくらいから、何事においても好きか嫌いかという、ものの見方をまったくしなくなった。

ある時、自分の好き嫌いで物事を分けていたら、せっかくの出会いや学びを生かせず、とても残念に思えたからだ。最初の印象が悪いからといって嫌いと決めつけたり、「それは嫌いだから」と言葉にすることで、一瞬で糸が切れる感覚を覚えたからだ。

まずはなんでも受け入れる。いわば、信じてみる。こう思うようになって、いろいろな意味で、チャンスのような出来事がぐんと増えた。

好きとか嫌いと言っているうちは、まだまだ子どもなんだな。

大人になるということは、好き嫌いを卒業することなのではないでしょうか。

流れる水になる

僕の住んでいる家は、川の近くにあって、川沿いの小道は、日課である朝のランニングにちょうどいいコースになっている。水に近い暮らしを僕は結構気に入っている。川の水がさらさらと流れているという景色は、取るに足りないことだけど、僕にとっては、日々のささやかな癒しになっている。気持ちが落ち着かない時や、何かあって悲しい時、気分がすっきりしない時、僕は一人で川の流れをぼんやりと眺めにいく。

あなたには、何かあった時、ぼんやりできる場所がありますか？

川の流れを見ていて、いつも心に浮かぶ好きな言葉がある。

「流水不争先《りゅうすいさきをあらそわず》」（流れる水は先を争わない）という中国の教えである。

水はかたちもなく、どんないれものにもこだわりなく入ることができる。傾ければ下に流れるようになすがままである。自分自身が、水のように自由自在で、ゆるやかで、さらさらと流れるようであれという教えである。まっすぐに流れる川などはなく、川は曲がりくねっているからこそ、美しい景色を作り、よどみの中に生き物が生まれ、豊かな恵みをもたらしている。自然はそうやって調和を保っている。

川の流れをぼんやり眺めていると気づくのです。まっすぐまっすぐ流れようとしがちで、いつも先を争って、流れる水になれない自分がいることを。

ちからを抜こうよ、素直さや、心のやわらかさを取り戻そうよ、なんでも受け入れようよ、と川の流れは教えてくれる。いつも透明であり続け、流されるのではなく、流れるということも。

安全圏から飛び出す

今の自分を変えたいと思っている人は多いと思う。ぱっとしない自分がいたり、代わり映えしない自分がいたりというような。しかしそれは、もっと成長したいということではないかなと思う。

どうしたらよいのだろうか？　それだけですべてが変わるとは言えないけれど、実践してとてもよかったことがある。

付き合う人を変えたことだ。自分が成長していないということは、自分よりも優れた人と付き合っていないということではないか。だから、これからは自分よりもずっと優れた人たちと、背伸びしてでも付き合っていこうと思った。

人というのは、どうしても自分にとって楽な人間関係に浸っていく。しかしそこに居続けている以上、得るものはゼロではないにしろ、行き詰まっている今の自分を突破できない。安楽な考え方や習慣、センスが、あるポイントから先の自分の成長を邪魔してしまうのだ。

自分を変えたければ、今の自分よりも優れた人から、新たな考え方や習慣を学び、たっぷり吸収するしかない。

勇気を出して、今の安全圏内から飛び出すこと。最初は孤独であっても、新しい人間関係が育っていけば、考え方だけでなく、時間の使い方やお金の使い方という習慣も変わり、自分がぐっと洗練されていくのがわかる。

それまでの友だちや知人との関係を切るみたいで薄情者のようだが、そうではない。そこだけに留まってはいけないと言いたいのだ。

常に自分が一番下である人間関係こそが、自分を大きく成長させてくれるのだから。

おだてに乗ってみる

子どもの頃から大人になった今でもひとつも変わらないと思うのは、おだてに弱いことだ。こつこつ努力をしたとか、一所懸命になったという思い出のほとんどが、おだてられたことによる結果といっていいだろう。

本の読み方が良いとか、作文がおもしろいとか、絵が上手いとか、そのとき自分が楽しんでいることや、はまっている趣味などについて、人からおだてられるとすぐに調子に乗ってしまい、本気になるのが子どもの頃からの癖になっている。いや、癖というよりもそうして生きてきた。

とにかくおだてられるとやる気がむくむくと湧いてくる。ほめられて育つタイプというのがあるけれど、僕の場合は、ほめられて本気になるタイプである（育っているかどうかはわからない）。

人からおだてられると、「いやいや、そんなことないです」とか、「おだてないでください」という謙虚さはなく、「嬉しい」とか、「ありがとう」と、僕は飛び上がって喜んでしまうのだ。

そんな自分であるけれど、おだてに乗るというのは、まんざらではないと思っている。自分自身、おだてに乗って、人生が変わったことがいくつもあるからだ。

本屋の仕事は、本探しが上手いとおだてられたのがきっかけになり、エッセイは、おしゃべりがおもしろいからそれを書いてみてと言われて書いてみたら、上手だとおだてられ、そんなふうに、その都度、おだてに本気になったことで今に至っている。

そういえば、人からのおだてを疑ったこともないお人好しでもある。自分では気づかない自分のことも、おだてはそっと教えてくれる。

大変、のバランス

大変なことがたくさん起きた。

こんなふうに言うと、そうそう、そういう時ってあるよね、とみんな言う。二度あることは三度あるとも言うけれど、今回は三度どころではなく、たった一週間の間に、片手で足りないくらい度重なった。さすがに萎《な》えた。

珍しく風邪を引いた。パソコンのハードディスクが壊れた。乗っている最中に車が故障した。仕事で大きなミスをした。誤解があって人間関係がこじれた。大切なペンを落としてなくした。仕事の予定を勘違いして迷惑をかけた。カメラが壊れた。あとふたつほど小さなことがあった。

こんなふうに書いてみると、大したことなさそうだが、その一つひとつと向き合いながらのことだから、楽観的で元気が取り柄の自分であっても、ため息がいくつも出た。

気持ちを落ち着かせて、ちょっとこれはどういうことだろうと考えてみた。

思い浮かんだのは、何事にもバランスがある、ということだ。そういえば、ここしばらく、こんなふうに大変なことは起きていなかった。どちらかというと、良いことばかりが当たり前のように続いていた。良いことばかりに偏っていたのかもしれない。良いことは度重なっても、それが当たり前だと思って、あれこれ考えないから、偏りに気がつかない。その偏りのバランスをとるために、今回、大変なことがこんなふうに度重なったのだ。そうでもしなければ、簡単に立ち直れないような、もっと大変なことがドスンと起きたかもしれない。小さなことなら度重なっても、一つひとつていねいに取り組めば、なんとかなる。なんとかならないことが起きなくてよかった。そう思ったら、気持ちがとても楽になって笑顔が戻った。

スコットランドに旅した時、ビスケットの包み紙に書いてあった、こんな言葉を思い出した。

「嫌なことやつらいことは貯めることができて、いつでも、しあわせなことを起こすために使えるのです」

僕の場合は、良いことの偏りによって、大変なことが度重なったのだけれど、逆に、大変なことの偏りによって、これから良いことが度重なる人もいるだろう。

こんなふうに個人的な範囲で起きた大変なことには感謝の気持ちを忘れてはいけな

いと思った。大変なこと、ありがとう、と。

あなたの最近はいかがですか？　暮らしや仕事において、日々いろいろなことが起きるけれど、どれもがきっと自分に必要なことなのです。今すぐでなくても、バランスをとるために働くちからが必ずあると信じてみてはいかがでしょう。

そういえば、大変なことの対処によって、今まで知らなかった新しいことを学べたのは良いことだった。一度はこじれた人間関係も、今回の出来事によって、今までより深まったのでした。

自信の作り方

高校に入学する前の春休みは走ることに明け暮れた。高校ではラグビー部に入部することが決まっていた。関東代表の常連である名門校だ。近所に住む二歳上の先輩が活躍していたことにあこがれ、僕は経験のないラグビーに挑んだ。その高校のラグビー部の練習は、過酷なことで知られていた。

僕は毎日、自分がそこでしっかりとやっていけるかどうかが不安で仕方なく、居ても立ってもいられなかった。自分にまったく自信がなかった。運動神経と体力なら誰にも負けないというような猛者《もさ》が集まっているのを知っていた。

自信を高めるためには、どうしたらよいかを必死で考えた。ひとつ思いついたのは走ることだった。ラグビーはとにかく走りまわるスポーツだ。

今、自分にできることは、入部前に、いくらでも走りまわれる体力をつけておくしかないと思った。僕は決して体格が良いわけではない。せめて、走る体力だけでもつけておかないと、猛者集団の中では話にもならないだろう。よし、走ろう。

僕は毎日十キロ走ることを日課とし、ダッシュを繰り返すインターバルを取り入れ、腹筋運動と腕立て伏せといった筋トレにひたすら取り組んだ。日課はほんとうにきつかった。しかし、日課をこなせばこなすほどに、不安は少しずつだが和らぎ、不思議と自信が湧いてきた。入部前に、こんなにきついことを日課としている者は自分以外にいないだろうと思えたからだ。

日々体力は増し、体格が変わってきたのもわかった。あくまでも感覚的だが、入部直前には、十キロをほぼダッシュで走れるようになっていた。不安だったり、怖かったり、自信がなかったりした自分が、いつしか心身共に自信に満ち溢れていた。

ラグビー部に入部し、最初の練習はとにかく走る毎日だった。まわりを見渡すと、やはり屈強な猛者ばかりだった。中には中学時代からラグビーを経験している者もいた。しかし走ることなら、もはやお手のもの。僕はそれまでの日課のおかげで、きつい練習でも常にトップを走れた。やせっぽちで貧弱な奴だが人一倍体力があると見込まれ、一目置かれるようになった。入部前にひたすら走り込んでいて、ほんとうによかったと思った。

新しいことをする際、いつだってその前には、不安にかられ、悩み、自信を失ってしまう。自分にできることがあったとしても、それがどのくらい通用するかもわからない。これはみんな同じだと思う。そんな時、僕は自分がラグビー部に入部する前に取り組んだ経験を思い出す。

本を読むでもいい、人の話を聞くのでもいい、新しいことに役立ちそうな思いつくことを日課にしてみよう。悩みの感情は何もしない時にやってくる。だから、いつもその前に何かに没頭する。そうすれば、不安も消え、いつしか自信が高まる。スタートラインに立つ前の準備がものを言うんだ。

ゼロ点からのスタート

今年はチャレンジの一年と決めた。

新しいことを学び、新しいことを取り入れ、新しいことを受け止め、ある意味、そうやって自分を困らせ、もっと自分を追い詰めてみようと思っている。それには自分を変える覚悟が必要だ。

僕は常に、歯を食いしばって、きつい階段を必死に登っているのが好きというか、その時にこそ生きている喜びのようなものを感じる人間だ。できないことを少しでもできるように、そのために一分一秒努力するその毎日がしあわせなのだ。

ある日、僕は、登り切った平らな場所に自分が立っていることに気がついた。そこでは、その場所なりのやるべきことがきっとあるのだろう。登り切った者に与えられる役割とでも言おうか。これからは、しばらく登ることをせずに、その役割を静かにそこで果たせばよいのかもしれない。しかし、その場所に着いてしまった僕は、その場所に居続けることが苦痛でしかなかった。だから、僕は何年もかけて登ったその高い場所から一気に下に飛び降りて、新しい登り口を見つけ、また一歩一歩、果てしなく長い道を登っていこうと思っている。楽をしたくないとは言わないが、登るのを止めて、せっかく鍛え上げた、頭や心や身体が衰えるのが怖いというのもある。

そんな時にいつも思うことがある。それは自己肯定感と自己否定感である。今まで手にしたものを捨てて、自分を変えたい、新しくしたい、できないことをできるようになりたい、そんな時、それまでの自分を認める自己肯定感を持ちつつ、今のままではダメだという自己否定をすることで、チャレンジに向けた心のエンジンに火が入る。今更そんなことやっても無駄であるとか、その歳でそんなことできるわけないと言われようとも、きっと自分にはできるはずと肯定し、しかし、そのためには客観的に自分をよく見つめて、まだまだこれではダメだとゼロ点を下す。いわば自分を否定し、そのゼロ点からスタートする。

思い返してみると、僕の人生というのは日々、自己肯定と自己否定の繰り返しだったようだ。でも、そうでなければ、これまでのきつい道を登ることができなかったようにも思える。

そしてもうひとつ。僕は自己愛がとても強い人間だ。だからこそ、これから先、自分がどんな新しい歩き方で、ゼロ点から登っていくのか、高い壁にぶつかった時、どうやってその壁を乗り越えていくのか、果たしてどこまで登っていけるのか。その姿を少し離れたところから見てみたいという気持ちがある。さあ、君はどうするんだ、というように。

自分にとって一番興味あるのは、自分であるからだ。

みなさん。何かを捨てて、何かをはじめるという時、僕はこんなふうに自分を奮い立たせるのです。一か八か。当たって砕けろ。でも、絶対やり遂げる、登り切ってみせると決心するのです。

おわりに

朝はだいたい五時前に起きる。目覚まし時計は使っていない。ぼんやりしながら椅子に座って、白湯を一杯ゆっくり飲む。

ランニングウェアに着替えて、軽いストレッチをしてから家の周辺を十キロ走る。戻るとだいたい六時半だ。

シャワーを浴びながら、ひげを剃り、洋服を着て、身支度を整える。洋服は、下着からソックス、シャツやジャケットに至るまで、ネイビーと白とグレイの三色しか持っていない。どのように組み合わせても、まあ、なんとか、おかしいことにはならないから、いつしか定番になっている。

朝食は自分で作る。最近は朝練と称して、夕食の残りものを使ったサラダやスープ、サンドイッチなど、ちょっとした料理にチャレンジしている。

洗いものを済ませて七時半頃に一段落する。会社に出勤するまでの少しの時間に、新聞を読んだり、今日の予定を確認して、八時に家を出る。

九時半から六時半まで仕事をする。

七時半に帰宅する。日が暮れる頃になると集中力が欠けてくるので、残業はできるだけしないように心がけている。

帰宅するとすぐに夕食を食べる。以前は、七時が夕食の時間と決めていたが、今は新しい会社の就業時間に合わせて調整をした。夕食だけは、家族全員が揃うのが我が家のルールだ。あとは各自の自由になっている。

夕食を食べ終え、家のあれこれをしたり、家族とおしゃべりをしていると九時になる。入浴をして、寝室に入るのが十時か、その少し前くらい。

その日によって、読書をしたり、調べものをしたりするが、だいたいは十時半頃にはベッドに入って就寝する。大きなニュースがないかぎり、テレビはほとんど観ない。以上。簡単に言うと、五時に起きて十時半に寝る。このスタイルを淡々と十年以上続けている。夜の付き合いはほぼゼロだ。付き合いはランチと決めていて、ごくたまに人と外食をするけれど、それでもお酒が入らないから帰宅は早い。

こんなふうに人に話すと、すごいとか、ストイックとか言われるが、自分では微塵《みじん》もそんなふうに思っていない。何のためかと言うと、暮らしと仕事を大切に考えた場合、自分がもっとも高いポテンシャルを発揮するためである。そして、一日という時間を、思い切り楽しみ、いろいろなことに素直に感動するためのコンディション作りとも言おうか。

もうひとつ。一日というのは、家族といる時間、会社の同僚や仕事仲間といる時間、そして、自分一人の時間がある。その中で、自分一人の時間を、僕は一日に一時間でも二時間でもいいから確保するように心がけている。

自分が今、何を感じ、何を考え、何に喜び、何に笑い、何に悲しみ、何に傷つき、何を恐れているのか。それとしっかりと向き合って、できれば、言葉や文字にして紙に書く。自分は、その中の、何を、どんなふうに、人や社会と分かち合いたいのかと考える。そのアイデアが、暮らしと仕事、人間関係の姿勢となり、高いモチベーションとなる。そして、僕はあなたを思う。僕はあなたの横に座って話しかけるだろう。ゆっくりと小さな声で伝えるだろう。僕の日々を。

今日もていねいに、という言葉が、心の奥から自然とこみ上げてくる。

松浦弥太郎

解説

誰かの「当たり前」を更新し続ける人になりたい

はあちゅう

疲れている時に、文字は体の中になかなか入ってきてくれない。毎日数冊ずつ本を読む活字中毒者の私でも精神的、あるいは肉体的に疲れきった状況では本が読めなくなるのだ。目で文字の並びは追えていても、メッセージが体の中に響いてこないし、小説なら登場人物の名前と設定が頭の中でごちゃごちゃになってストーリーを見失ってしまう。雑念が次から次へと浮かんで、本を「読む」ことは出来ず、ただ眺めているだけになってしまう。

本というのは消化するのに結構な集中力と体力が必要なメディアだと思う。読書は作者との対話、あるいは自分自身との対話と例えられることもあるけれど、人と真剣に向き合うには元気が必要だ。だから本と真剣に向き合おうとすると、頭と体が疲れていない時のほうがいい。

けれど、松浦さんの本は疲れている時でもスラスラと読めてしまう。そして、読んでいると言葉が驚くほど心の中に染みてくる。クタクタになって仕事から帰ってきた時だって、松浦さんの文章を体が欲する時がある。

そして、心の感じるままに読み進めると、松浦さんが文章に込めたメッセージは体に溶け込んでいくし、同時に文章に包まれていくような温かさを感じる。体の中のぽかんとあいていた部分に——しかも穴があいていたことに自分でも気づいていなかった部分に——スッキリとおさまって、何かを満たしてくれる。一言でまとめると、松浦さんの文章には人を癒す力があるのだ。その力は絶大で、マイナスをゼロにしてくれるのではなく、マイナスからプラスまで一気にもっていってくれるくらいの威力がある。

松浦さんの書くもので、漢字だらけでカクカクしたものを見たことがない。文章を読もうとせずに文字並びを、まるで絵を眺めるかのようにして見てみると、ひらがな、カタカナ、漢字がバランスよく並び、やわらかい印象を受ける。ところが、やわらかいものだと信じて読み進めていたら歯ごたえを感じたり、時にはカツンと芯のある部分にもあたるから面白い。アクセントがちゃんと効いているから、一冊を通して飽きることがないのだ。そして読後は、温かいお粥《かゆ》をお腹《なか》にいれた時のような満足感と幸福感がしばらく続く。

心が満たされると同時に、何かをやってみたくもなる。例えば、大事な人に手紙を書いたり、ノートを開いて一日を振り返ってみたり、シャツにアイロンをかけたり。特別なことではなく、日常の基本的なことを丁寧にやり直したくなる。それはつまり、松浦さんの本に、人間らしさを思い出させてくれる効果もあるということだろう。

私と松浦さんの出会いは何年も前にさかのぼる。とはいっても、まだ実際にご本人にお会いしたことはない。会いたいとはいつも思っているけれど、無理に会うこともないとお互いにわかっていて、距離がじわじわと近づくのを楽しんでいるような感じだ。こんなことを言ったら厚かましいかもしれないし、そんな風に思っているのは私だけかもしれないけれど、松浦さんご本人とは必要な時に絶対に会えるという安心感が、なぜかある。

だから私はこの本の多くの読者さんと同じように、松浦さんとは「作家」と「読者」という関係で、それ以上になったことはないのだ。読者の皆さんと一つだけ違うのは、松浦さんも私の本を読んでくれているということだ。読むだけではなくて、書評を書いてくださったこともあって、それは私の人生で「書いていく」ことに向き合う時にいつも大きな励みになっている。だけど、やっぱりお互いに「作家」「読者」以上の存在には、まだなっていないから、この関係を不思議にも思う。

会ったこともない松浦さんの姿を私は細かくイメージ出来る。きっとなめらかで厚みのある手をしているんだろうな、とか、パリっとしたシャツを着ていて、いつも清潔なハンカチを持っているんだろうな、とか。もしかして、実際に会ったら想像とはまるで違うのかもしれないけれど、私の頭の中ではもう松浦さんは出来上がっているので、実際に会う時は実物の松浦さんをまっすぐに見るのではなくて、頭の中ですでに出来ていたイメージと実物とを照らし合わせての答え合わせの時間になると思う。

こんな不思議な関係は、「本」以外では成り立たない。本にはそうやって、作者をすごく近くて親しい人に思わせてくれる効果があると思う。好きな本の作者に対しては、私の理解者だ、という気持ちになってくるし、すでに親しくて心が通じ合っているような感覚さえ持ってしまう。

松浦さんが描く、松浦さんの人生に登場したあらゆる人物に対してまで、私は勝手に親密さを感じている。松浦さんが本の中で書いている体験が、まるで自分の体験のように思ってしまうこともある。

そんな風に思えるのは全て松浦さんの魔法のような文章のおかげだ。

こう言ったら失礼に聞こえてしまうかもしれないけれど、松浦さんの本の中には、すごく変わったことは出てこない。変わったことというのは、例えば、アメリカの映画のように、いきなり爆弾が爆発したり、誰かが誘拐されたり、銃でばんばん撃ったりするような、実際に見たことがない刺激物は出てこない、という意味だ。扱われている題材はいつも身近で自分の日常にも起こりうること。それなのに、どんどん読みたくなる。松浦さんはささいなことの中に特別を見つける天才だ。日常から丁寧に掘り起こされたエピソードを読んでいると、普通に思える人たちも実は一人一人特別で、生きていたら同じ一日は一度だってないという、当たり前だけど大事なことを思い出す。ひるがえって、普通に思える自分の人生に、見落としている「特別」はないだろうか、と考えさせられる。

一体どうしたら松浦さんのような文章が書けるのだろう。

僭越《せんえつ》ながら同じ「書くこと」を仕事にしている者として、松浦さんの魔法のような文章の作り方にはとても興味がある。けれど、この本を読んで少しだけ、そのレシピが分かった気がする。

「料理で覚えるべきことは、技や知識ではなく、愛情の表現です」（「人の『気』を見る」17ページ）という料理家のウー・ウェンさんの言葉は、そのまま松浦さんの文章にも当てはまる法則なんじゃないだろうか。

本書の冒頭でも、松浦さんは文章を書く際に心がけていることとして、「大切な人を思い浮かべて手紙を書くように。大好きな人にラブレターを書くように」（「はじめに」4ページ）と書いている。そして、

「手紙の目的とは、相手に喜んでもらうこと。嬉しくなってもらうこと。返事を書きやすいように。正直に、親切に。そして最後に、あたまをできるだけ働かせず、こころをたっぷりと働かせること」

とも。

私が持った疑問への答えまで、松浦さんは全部本の中に書いてくれていた。どこまで親切なんだろう。頭ではなく心を働かせて書くことが、心に届く文章を書くための一番のコツ。それは基本的で、昔から知っているはずのことであっても、実際にやってみようとすると、とても難しい。おまけに、繰り返し繰り返し、自分に言い聞かせ

ていなければ、忘れてしまう。

ところで、私がネットなどでうんざりしてしまう本の感想は「当たり前のことが書かれている」というけなし方だ。以前、とある本のレビュー欄で見つけた言葉だけれど、本を扱うにあたって、こんなに浅はかなレビューはないと思う。なぜならほとんどの本というのは当たり前のことをどう伝えるかで成り立っているからだ。この世の真理というのは限られていて、求道者はみんな似たような考え方にたどり着く。だからこそ、ある意味当たり前である真理をどんな風に伝えられるかというのが作家の腕の見せ所だし、繰り返し繰り返し、「当たり前だけど忘れがち」なことに、ご自身のエピソードを添えて、新鮮な角度で私たちに伝え続けてくれる松浦さんの力量たるや、端倪《たんげい》すべからざるものがある。

私も、誰かの当たり前を更新し続けられる文章を書いていきたい。

（はあちゅう／ブロガー・作家）

パイプのけむり選集　旅

團伊玖磨

「アサヒグラフ」の人気連載「パイプのけむり」から厳選したエッセイ集。大好評を博した「食」に続く第2弾。今回は「旅」がテーマ。フランス、イギリス、インドネシアと世界中を駆けた作曲家團伊玖磨氏の軌跡。

ビートルズを呼んだ男

野地秩嘉

「彼みたいな男が本当の日本人だ」とポール・マッカートニーが評価した伝説のプロモーター、永島達司の軌跡を追って、ノンフィクション作家野地秩嘉が日本、英国を徹底取材。ポール・マッカートニーの独占取材も収録。

本書のプロフィール

本書は、二〇一五年に刊行された単行本『ベリーベリーグッド』を加筆修正して文庫化した作品です。

小学館文庫

伝《つた》わるちから

著者 松浦弥太郎《まつうらやたろう》

二〇一七年十二月十一日 初版第一刷発行
二〇二五年七月六日 第十七刷発行

発行人 庄野 樹
発行所 株式会社 小学館
〒一〇一－八〇〇一
東京都千代田区一ツ橋二－三－一
電話 編集〇三－三二三〇－五一三八
販売〇三－五二八一－三五五五
印刷所－株式会社DNP出版プロダクツ

この文庫の詳しい内容はインターネットでご覧になれます。
小学館公式ホームページ https://www.shogakukan.co.jp

ISBN978-4-09-406485-8